# 나침반이 되어 줄게

# 나침반이 되어 줄게

| | | | |
|---|---|---|---|
| 발행일 | 2017년 7월 21일 | | |
| 지은이 | 남 주 영 | 엮은이 | 남 혜 진 |
| 펴낸이 | 손 형 국 | | |
| 펴낸곳 | (주)북랩 | | |
| 편집인 | 선일영 | 편집 | 이종무, 권혁신, 이소현, 송재병, 최예은 |
| 디자인 | 이현수, 이정아, 김민하, 한수희 | 제작 | 박기성, 황동현, 구성우 |
| 마케팅 | 김회란, 박진관, 김한결 | | |
| 출판등록 | 2004. 12. 1(제2012-000051호) | | |
| 주소 | 서울시 금천구 가산디지털 1로 168, 우림라이온스밸리 B동 B113, 114호. | | |
| 홈페이지 | www.book.co.kr | | |
| 전화번호 | (02)2026-5777 | 팩스 | (02)2026-5747 |

| | | |
|---|---|---|
| ISBN | 979-11-5987-700-1 03810(종이책) | 979-11-5987-701-8 05810(전자책) |

이 도서의 국립중앙도서관 출판예정도서목록(CIP)은 서지정보유통지원시스템 홈페이지(http://seoji. nl.go.kr)와 국가자료공동목록시스템(http://www.nl.go.kr/kolisnet)에서 이용하실 수 있습니다. (CIP제어번호 : CIP2017016827)

하늘나라에서 보내는 엄마의 편지

# 나침반이 되어 줄게

남주영 지음 │ 남혜진 엮음

북랩 book Lab

동생이 떠난 후,

조카들과 만날 때마다 동생의 글을 읽어 주거나 함께 사진첩을 보며 추억을 더듬었다.

조카들이 너무나 의연하게 버텨내는 게 안타까웠다. 억지로 누르고 있을 슬픔이나 그리움들을 밝은 곳으로 끄집어내어 함께 나누며 극복하기를 바라는 마음이었다.

그러던 어느 날,

"이모, 엄마 얘기를 책으로 만들어 주시면 안 돼요?

그럼 이모가 없더라도 언제든 엄마 생각이 날 때마다 책을 볼 수 있잖아요."

그 순간 나한테는 아이들의 음성이 왜 동생의 목소리로 들렸을까.

"언니, 부탁해. 아이들에게 해 주고 싶은 말이 너무나 많았는데 미처 해 주질 못했어.

아이들에게 선물을 주고 싶어."

그렇게 시작된 일이었다. 동생의 책을 만드는 일.

남겨진 일기와 편지 등을 정리하면서 나는 비로소 동생의 진짜 모습을 알게 되었다.

왜 장례식장에 그렇게 많은 사람들이 조문객으로 와 주었는지, 어떻게 만난 지 6개월밖에 안된 이웃이 한걸음에 달려와 그리 슬프게 울었는지 모든 게 이해가 갔다.

항상 웃는 얼굴로 남의 얘기를 들어주는 걸 좋아하던 동생의 노트에는 자신이 알고 있는 거의 모든 사람들의 기도제목이 빼곡하게 담겨 있었다.

아이들에게 좋은 엄마, 남편에게 좋은 아내가 되기 위한 노력의 기록들도 각종 메모로 노트 구석구석마다 붙어 있었다.

'아, 한 사람이 이렇게 아름다운 흔적만으로 남을 수도 있구나.'


동생은 꽃처럼 예뻤고 투사처럼 강인했다.

한 순간도 낙담하거나 불평하지 않았고 오히려 곁에 있는 사람들을 격려하며 염려해 주었다. 동생의 노트는 처음부터 끝까지 사랑과 희망, 꿈에 대하여 노래하고 있었다.

그 노래가 계속 울려 퍼지도록 난 글의 모든 연도와 날짜를 없애 버렸다. 나중에 두 조카가 어른이 되어 읽더라도 먼 옛날 얘기처럼 느껴지지 않게, 엄마가 지금 옆에서 소곤소곤 말해주는 것처럼 느낄 수 있게 하고 싶어서이다.


한 가지 덧붙이자면 편지글은 모두 투병생활을 할 당시에, 그리고 일기는 아이들이 유치원에 다니기 전후 즈음에 쓰인 것들이다.

동생은 유난히 사람들로부터 많은 사랑을 받았는데 특히 대전 산성교회의 지성업 목사님을 비롯한 여러 목사님들과 전도사님, 권사님들께는 말로 표현하지 못할 만큼 감사를 드린다.

이렇게 무조건적인 사랑이 넘치는 교회가 정말 존재한다는 사실이 경이로웠다. 그분들 덕분에 동생이 끝까지 행복할 수 있었다.

일일이 열거하지 못한 다른 모든 분들께도 머리 숙여 인사드리고 싶다.
"고맙습니다."

<br>

2017년 7월

남혜진

나침반이 되어 줄게

# Part 1

# 엄마의 편지

사랑하는 승윤아, 정윤아.

오늘은 친구에 대해서 너희들에게 말하려고 한다.

우리 서래마을에 살 때 너희들은 잠원초등학교에 다녔고 당연히 학교 친구들이 많았지만, 엄마에게도 그 당시에 친한 친구들이 있었어.

아마 너희들도 생각날 거야. 현재 엄마, 도윤 엄마… 너희들 학교 보내고 나면 우리들은 돌아가면서 한 사람 집에서 커피도 마시고 배드민턴도 배우러 다니고 수다도 떨고 그랬지.

그런데 어느 날, 현재 엄마가 한식조리사 자격증을 따려고 시험공부를 시작했다는 거야. 그래서 우리가 운동하러 가거나 커피를 마시러 갈 때마다 아쉬운 표정으로 먼저 자리를 떴고, 나중엔 우리도 "하루 빠져라"라고 장난처럼 놀려대곤 했지.

그러다가 문득 미안한 생각이 들더구나. 친구라면 서로가 더 잘될 수 있게 응원해 주고 도와줘야 하는 건데 공부하겠다는 친구에게 수업에 빠지고 우리랑 놀자고 하다니… 뒤늦게 시작한 공부가 어렵고 힘들었을 텐데 말이야.

그래서 도윤 엄마랑 상의를 했단다. 어차피 한식조리사 자격증이면 우리도 배워 두면 좋을 테니 이번 기회에 함께 공부하자고…. 그 다음 날부터 우리는 수다 떨고 커피 마시던 그 시간에 예상문제를 서로 뽑아 와서 질문하고 공부한 것들을 보기 좋게 요약해서 돌려보면서 함께 공부를 했단다.

오랜만에 공부하는 게 어려운 점도 있었지만 대부분은 즐겁고 좋은 기억으로 남아 있어. 덕분에 세 사람 모두 87점, 76점, 62점으로 합격을 했고 그날 저녁에 소박하게 우리끼리 축하파티를 했지.

만약 끝까지 현재 엄마 혼자서 시험 준비를 했다면 어떻게 되었을까. 어쩜 떨어졌을 수도 있고 아니면 붙었더라도 우리한테 서운했을 수도 있었을 거야. 한 가지 확실한 건 엄마랑 도윤 엄마는 조리사 자격증을 획득하지 못했을 거란 점이고…. 그런데 어려운 시간을 함께 보냄으로써 우린 다 같이 합격했고 함께 기쁜 순간을 공유할 수 있었던 거지.

엄마는 승윤이랑 정윤이에게도 이런 친구들이 있었으면 좋겠다. 함께 뛰어놀고 함께 웃어 주며 어려울 땐 함께 동행해 주는 그런 친구….

세상에서는 친구들끼리도 경쟁하라고 부추기고 무조건 남을 이겨야만 행복해질 수 있다고 가르치지만, 엄마가 살아 보니 절대로 그렇지 않더라. 행복이란 건 누군가와 비교해서 내가 가진 것이 많아야 느낄 수 있는 게 아니거든. 가진 게 없어도 감사할 줄 알고 나보다 더 어려운 사람이 있을 땐 기꺼이 내가 가진 걸 나누어 줄 수 있으며 어떤 상황에서든 날 믿어 주는 친구가 있다면 그게 바로 행복이란다.

하지만 그런 진정한 친구를 만들려면 많은 노력도 필요해.

미국의 대통령 링컨 알지?

그에게는 오랫동안 사사건건 자기를 비난하고 흉보고 모욕하던 사람이 있었어.

스탠턴이란 사람인데 링컨이 풋내기 변호사일 때 이미 그는 실력 있고 유명한 변호사였어. 그가 얼마나 링컨을 싫어했는지 같은 사건을 함께 변호하게 되었을 땐

"저 따위 시골뜨기 애송이와 어떻게 일을 하라는 말입니까? 이번 일은 너무나 중요하기 때문에 저런 무능력자와는 함께 일을 할 수 없습니다."

라며 모욕을 하거나 공개석상에서조차

"여러분, 우리는 고릴라를 만나기 위해 아프리카에 갈 필요가 없습니다. 일리노이 주 스프링필드에 가면 링컨이라는 고릴라를 만날 수 있습니다."

라고 하며 독설을 퍼부었단다. 링컨이 대통령 후보로 유세 중일 때까지도 여전히 그를 싫어했다고 해. 결국 링컨은 대통령이 되었고 그는 가장 중요한 국방부장관 자리에 스탠턴을 임명했단다. 모든 참모들은 이런 링컨의 결정에 놀라면서 과거 스탠턴의 행동을 잊었냐며 다시 생각해 보라고 건의했지만 링컨은 이렇게 말을 했다는구나.

"물론 우린 친하지 않습니다. 어쩌면 미움이나 오해가 있을지도 모르고요. 하지만 그런 개인적인 이유로 그를 임명하지 않는다면 그건 국가적으로 손해입니다. 그는 이 일에 적임자이고 정말 유능한 사람이거든요. 이제 스탠턴은 나의 적이 아닙니다. 나는 적이 없어서 좋고 그처럼 능력 있는 사람의 도움을 받아서 좋고 일석이조 아닙니까?"

나중에 어떻게 되었을까?

스탠턴은 누구보다도 열심히 일을 했고 두 사람은 평생 동안 좋은 친구가 됐으며 후에 링컨이 암살되어 죽었을 때 가장 슬프게 울었다지, 아마.

즉, 좋은 친구를 얻으려면 때론 내 쪽에서 먼저 많은 이해와 양보를 해야 한다는 얘기인데, 그건 엄마나 아빠가 도와줄 수 없는 거란다. 대신 너희들에게 항상 사람을 통한 만남의 복을 달라고 엄마가 늘 기도할거야. 그리고

누군가가 자식들에게 좋은 친구를 달라고 열심히 기도했는데 그 응답으로 너희들이 선택된다면 그 또한 기쁜 일이겠지.

편견 없이 여러 사람들을 만나고 사귀는 게 중요한데, 친구의 장점이야 아무 때나 어디서든 얘기해도 좋지만 혹시 단점이 보이거든 그건 단둘이 있을 때만 조용히 얘기해야 해. 그렇게 서로를 다듬어 주면서 함께 성장하는 거야.

너희들이 앞으로 좋은 친구를 만나고 너희들 또한 남들에게 좋은 친구가 될 수 있기를 바란다.

# 두 번째 엄마의 편지

사랑하는 승윤아, 정윤아.

참 가슴 아픈 뉴스를 보았다.

어느 고등학생이 성적이 떨어지자 크게 상심하여 아파트 옥상에서 투신자살을 했다고 해. 그까짓 성적이 뭐라고… 하지만 공부 외엔 아무것도 하지 않고 오로지 성적에만 연연하던 아이라면 그럴 수도 있었겠다 싶어. 우리 승윤이랑 정윤이도 가끔씩 뭔가에 대해 욕심을 내고 그게 뜻대로 안될 땐 화를 내거나 풀이 죽곤 했지.

우선 승윤이는 잠깐 동안 수학학원 다닐 때 반에서 제일 잘한다고 칭찬들으며 기분 좋아했었는데 더 잘하는 녀석이 새로 들어오자 그 애한테 지지 않으려고 열심히 공부했잖아. 그러다가 어느 날 시험에서 또 그 녀석한테 밀려났을 땐 책을 집어던지고 발로 여러 번 짓밟았지. 지금은 안 그렇지만 그 당시엔 바둑대회에서 뜻대로 되지 않았을 때 운 적도 있었어.

그리고 정윤이는 잠시 홈스쿨링을 하다가 다시 학교에 다니고 싶다고 해서 초등학교에 들어가서 시험을 봤는데 점수가 예전보다 많이 떨어졌다고 부끄럽다며 집에서 펑펑 운 적이 있었지.

그때 엄마는 말할 수 없이 너희들에게 미안하고 속상하고 그랬어. 엄마가 아프지만 않았다면 안정적인 환경에서 규칙적으로 학원 다니고 공부하며 보살핌을 받고 자랐을 텐데, 엄마가 수술이며 항암치료를 받으러 다니는 통에 아빠의 보살핌마저 엄마한테 양보하고 스스로 자라는 방법을 터득해야 했으니까…

이모네 근처로 간다고 정든 서래마을을 떠나 인천으로 이사를 가야 했고, 그 좋아하던 바둑도 쉬어야 했어. 알림장이며 학습 진도 등 아무것도 돌봐 주지 못하고 그냥 너희들끼리 자라는 게 전부였구나.

아빠는 늘 엄마가 우선이었고 이모도 항상 있어줄 수는 없었으니까… 그런데도 너무나 착하고 예쁘게 자라준 우리 아들들, 항상 고맙고 사랑해.

그래서 틈틈이 엄마가 살아오면서 깨달은 걸 우리 승윤이, 정윤이한테 알려주려고 해.

공부나 운동, 바둑 등 모든 걸 배울 때는 성적이나 결과가 전부인 것처럼 느껴지지만 절대로 그렇지 않아. 물론 최선을 다해 노력하는 게 중요하지만 누군가와 비교하면서 조급해할 필요는 없다는 거야.

예를 들어볼까?

유명한 수영선수가 있었어. 대회만 나가면 항상 금메달을 따고 신기록을 갈아치우며 승승장구하는 그런 선수. 그런 선수가 이런 말을 하더라. 수영에는 단계라는 게 있다고. 처음에는 '물 익히기'라는 걸 한대. 물을 무서워하지 않게 물과 친해지도록 물속에서 숨 참기, 배 깔고 잠수하기 등을 배우고 호흡법이나 수평뜨기, 발차기 등 여러 단계를 거친 다음 비로소 수영이란 걸 배운다는구나.

그러니까 훌륭한 선수의 손동작이나 습관 등을 흉내 낸다고 실력이 좋아지는 게 아니라 기초부터 차근차근 다져나가야 나중에 진짜 실력이 된다는 거야.

그러니까 기대했던 만큼의 결과가 나오지 않아서 실망스럽거나 아무리 열심히 해도 실력이 나아지지 않는 것 같아서 절망스러울 때면 이렇게 생각해 보아라. 난 지금 물속에서 숨 참기를 하고 있다고. 앞으로 멋지게 헤엄치려면 숨 참는 것부터 어느 누구보다 완벽하게 배워야 한다고.

끝으로 로마올림픽에서 육상3관왕에 올랐던 '윌마 루돌프' 얘기를 해 줄게.

그녀는 4살 때 소아마비를 앓았는데 너무 가난해서 치료시기를 놓친 탓에 걸을 수가 없게 되었어. 부모님은 매일매일 윌마를 위해 기도했는데 그 기도 덕분인지 3년 만에 일어설 수 있었단다.

하지만 여전히 걸을 수는 없었어. 엄마는 딸에게 믿음만 있다면 뭐든지 할 수 있다며 걷는 걸 연습하자고 용기를 주었고 4년 후엔 드디어 절뚝거리면서 등교를 할 수 있게 되었단다.

하지만 윌마는 거기서 만족하지 않고 뛰는 걸 연습했고 어느덧 고등학교에 들어갔을 때는 전교에서 가장 빠른 육상선수가 되었어. 그녀는 자신의 한계를 의심치 않았고 그런 끝없는 노력과 연습이 올림픽 3관왕을 이룩하게 만든 거지.

뛰기는커녕 걸을 수조차 없었던 윌마가 올림픽 3관왕이 되기까지 얼마나 많은 땀방울과 기도가 있었을까. 엄마는 너희들을 위해 끊임없이 기도를 할 테니까 너희들은 너희들 자신을 믿고 최선을 다했으면 한다. 물론 때때로 넘어지기도 하고 실망스러울 때도 있겠지만,

그런 것도 없다면 인생이 너무 심심하잖니? 벌떡 일어나서 손에 묻은 흙을 탁탁 털어 버리고 잠시 휴식을 취한 다음 다시 달음박질 쳐서 달려 나가는 그런 아들들이 되기를 기도한다.

한 가지 덧붙이자면 너희들이 아직 어려서 올림픽 3관왕이란 타이틀에만 주목할까 걱정인데 엄마가 생각하는 건 눈에 보이는 명예나 물질적인 게 아니란다. 너희들이 행복할 수만 있다면 그게 무엇이든지 엄마는 오케이야. 물론 아빠도 마찬가지로 생각하시고 말이지.

아들들!

살아가면서 절대로 낙담하거나 포기하지 않기.

내 안의 잠재력을 누구보다도 믿어 주기.

할 수 있지? 엄마는 항상 너희들을 믿고 응원할게.

# 세 번째 엄마의 편지

사랑하는 승윤아, 정윤아.

오늘은 엄마가 몹시 슬프고 가슴이 아프네.

아둘람에서 함께 있던 친구가 결국 하늘나라로 갔다고 연락을 받았거든. 너희들도 생각나겠지만 그곳에서의 생활도 참 즐거웠어. 같은 병을 갖고 있는 사람들이라서 일종의 동지애 같은 것도 있었고 같은 신앙을 갖고 있어서 함께 기도와 찬양도 할 수 있었고 말이야. 주말에 너희들이랑 아빠가 와서 자고 갈 때는 소풍을 기다리는 심정으로 들뜨기도 했고 승윤이가 만들어 오는 초코쿠키 덕분에 친구들과 파티도 자주 했었지. 애교가 많은 정윤이는 그곳 친구들뿐 아니라 영숙이(누런색의 큰 개)한테도 인기 최고였지.

아둘람 사람들이 하나둘씩 떠날 때마다 남아 있는 가족이나 지인들이 슬퍼하며 하는 말 중에 똑같은 멘트가 있어. 이렇게 빨리 헤어질 줄 알았다면 살아있을 때 더 잘해 줄걸… 하는 말.

언제가 될지 모르지만 엄마가 암을 이겨내든 못 이겨내든 부모가 자식보다 먼저 세상을 뜨는 건 당연한 이치니까 미리 준비하는 심정으로 몇 마디 적으려고 해.

우선, 너희들은 아직 어려서 이 말을 이해할 수 없겠지만 세상의 모든 부모들은 자기 자식들이 다섯 살까지 보여준 재롱만으로 이미 그들로부터 받을 효도를 다 받았다고 생각한단다. 그러니까 아낌없는 내리사랑이 계속될 수 있는 거구.

엄마 역시 그렇게 생각해. 승윤이랑 정윤이가 엄마 인생에서 얼마나 큰 선물이었는지, 그리고 너희들로 인해 엄마가 얼마나 반짝반짝 빛났는지 그건 절대로 설명할 수가 없을 거야.

하지만 어린 자식인데도 불구하고 너희들에게 특별히 고마웠던 점이 있었어.

먼저 승윤이.

승윤이가 초등학교 2학년 정윤이가 1학년일 때 엄마가 암 진단을 받아서 수술을 받았고 그 다음 해 복막으로 전이되어 복막절제수술을 또 받았을 때였어. 당시 엄마의 큰 걱정은 퇴원해서 집에 갔을 때 승윤이의 반응이었거든. 그때까지도 잠잘 때는 항상 엄마 가슴을 더듬으며 아기처럼 잠이 들던 때라서 수술 때 생긴 커다란 흉터를 보고 깜짝 놀라면 어쩌나 하는 두려움에 다가오는 퇴원일이 망설여졌지. 그런데 처음 상처를 보던 승윤이를 엄마는 잊을 수가 없다.

어른들조차 멈칫할 정도로 길고 크게 생겨 버린 흉터를 보곤 마치 원래 처음부터 그게 있었던 것처럼 이게 뭔지 묻지도 않고, 눈여겨 쳐다보지도 않고 정말 예전과 똑같이 무심하게 만지고 행복해했지. 그때 엄마는 눈물이 날 정도로 감동을 받았어.

내 아들은 그냥 내가 엄마니까, 엄마라는 이유 하나만으로 날 이렇게 사랑하는구나. 내가 흉터가 있든 없든 예쁘든 안 예쁘든 상관없이 내 존재 자체만으로 날 사랑하는구나. 아니, 얼굴에 커다란 흉터가 생긴다 해도 승윤이는 지금처럼 똑같이 날 바라보며 웃을 거라는 당당한 자신감이 생기더구나.

고맙다. 승윤아.

그리고 정윤이.

복막절제술을 하기 전 항암치료를 할 때, 이주일마다 삼사일씩 병원에 입원하곤 했었지. 정윤이는 항상 엄마에겐 엔도르핀처럼 웃음을 주는 아들이라서 아이가 별 스트레스를 받지 않는구나 하고 다행이다 생각하곤 했단다.

그런데 어느 날, 항암치료를 위해 병원에 가는 전날 밤이었는데 정윤이를 재우기 위해 누워 있었어. 엄마 팔을 베고 등은 엄마 쪽에 댄 채 누웠는데 정윤이가 그랬어. 내일 치료 잘 받고 오라고…. 그래서 엄마 없는 동안 잘하고 있으라고 말하며 토닥토닥 두드려 주었지. 그런데 팔베개를 해 준 팔 위로 뭔가 따뜻한 물이 주르르 흐르는 거야.

울고 있었던 거였어. 엄마가 걱정할까 봐 내색 안 하려고 몰래 울고 있었던 거야. 처음엔 정윤이 바람대로 모르는 척 하려했지만 따뜻한 눈물이 하염없이 팔을 적시기에 꼬옥 힘을 줘서 끌어안았지. 그제야 막힌 봇물 터지듯 마구 흐느끼면서 울더구나.

마냥 어린아이인 줄 알았는데 그동안 엄마가 걱정할까 봐 오히려 엄마를 배려하고 있었던 걸 그제야 알았단다. 어린 것이 숨어서 울고 마음을 감추느라 그동안 얼마나 힘들었을까 생각하니 지금도 가슴이 먹먹해온다.

고맙다. 정윤아.

너희들은 이미 엄마에게 더 이상 줄 수 없을 만큼 많은 걸 주었어. 아빠도 세상 어느 남편도 해 주지 못할 한결같은 사랑으로 엄마를 지켜줬지만 너희들 역시 엄마에겐 크나큰 힘이 됐거든. 엄마 때문에 너무 일찍 어른스러워지는 걸 강요당하지 않았는지 지금 생각해 보니 미안하구나. 지금 이런 말을 하는 건 혹시라도 나중에 다른 사람들처럼 가슴아파할까 봐 미리 말하는 거야. 오히려 엄마가 더 해 주지 못한 게 많아서 미안해. 그동안 해 주지 못한 거 엄마가 깨끗이 낫고 난 후, 아니면 나중에 하늘나라에서라도 너희들에게 전부 해 주고 싶어. 너희들이 가는 앞길에 돌덩이가 있으면 미리 가서 치워 주고 발부리에 걸리게 풀이 얽혀 있으면 앞서 가서 끊어 버릴 거야.

사랑한다.

내 아들들.

# 네 번째 엄마의 편지

사랑하는 승윤아, 정윤아.

날씨가 갑자기 따뜻해져서 가벼운 옷을 찾다가 너희들 터전에 다닐 때 선생님이랑 주고받았던 날적이들을 발견했단다. 제법 많은 노트들을 읽어 가며 잠시 추억에 젖어들었어. 자연 속에서 뛰놀고 유기농 음식으로 급식을 하며 최대한 친환경적으로 교육시킨다는 데 뜻을 함께한 부모들끼리 공동출자해서 세운 터전이지만 솔직히 엄마도 그곳에 익숙해지기까지 꽤 많은 시간이 필요했단다. 특히 그냥 흙을 만지며 놀게 하거나 강아지랑 토끼 등을 만지며 놀게 할 때마다 물티슈를 들고 쫓아다니고 싶은 걸 참느라 무척 힘들었어. 그런 엄마의 영향인지 깔끔한 걸 좋아하는 승윤이는 야외활동 때마다 밖으로 나가는 대신 실내에서 책을 보겠다고 고집을 피워서 선생님의 속깨나 태웠지.

친구보다는 선풍기 돌아가는 걸 관찰한다거나 공룡에 대한 책만 파고드는 승윤이 때문에 조금 걱정했었는데 지금 와서 보면 괜한 걱정을 사서 했구나 싶어.

정윤이는 야외활동을 무척 좋아했고 친구들도 좋아했는데 아직 어릴 때

여서 그런지 투닥투닥 싸우기도 많이 했어. 언젠가는 그렇게도 친하던 은범이랑 뭐가 틀어졌는지 며칠을 뚱한 표정으로 있다가 엄마보고 어떻게 해야 친구들이 자기를 좋아하게 만들 수 있냐고 물어봤어. 그래서 친구들이 널 좋아하게 만들기보다 네가 먼저 친구들을 많이 좋아해 주라고, 잘못한 건 사과하고 그 친구의 좋은 점은 칭찬해 주라고 대답해 주었더니 기특하게도 그날 오후부터 다시 웃고 떠들며 뭉쳐 다니더구나.

성경에도 친구에 대한 정의가 쓰여 있단다.

전도서 4장 9절에서 12절.

"두 사람이 한 사람보다 나음은 그들이 수고함으로 좋은 상을 얻을 것임이라. 혹시 그들이 넘어지면 하나가 그 동무를 붙들어 일으키려니와 홀로 있어 넘어지고 붙들어 일으킬 자가 없는 자에게는 화가 있으리라. 또 두 사람이 함께 누우면 따뜻하거니와 한 사람이면 어찌 따뜻하랴. 한 사람이면 패하겠거니와 두 사람이면 맞설 수 있나니 세 겹줄은 쉽게 끊어지지 아니하느니라."

사람은 언젠가는 혼자라고 생각될 때가 있어.

사업에 실패하거나 큰 병에 걸렸거나 부모님이 돌아가셨을 때, 아니면 배우자가 먼저 세상을 떠났을 때 등 여러 가지의 경우가 있겠지만 그때마다 옆에 진정한 친구가 있어 준다면 엄청난 위로와 힘을 얻게 되거든.

전에도 여러 번 얘기했지만 엄마가 살면서 배운 게 있다면 돈이나 명예 같은 걸 위해 지나치게 올인하지는 말라는 얘기야. 그런 데 쏟는 시간과 노력의 일부분이라도 들여서 세상 끝까지 함께 할 친구를 만들고, 깊은 관계를 유지하는 일에 정성을 쏟아야 한단다.

조정민 목사님의 트윗글 하나 더 소개하고 마무리할게.

"한눈에 남의 결점을 보는 사람은 예리한 사람입니다. 보고 비판하는 사람은 똑똑한 사람입니다. 그냥 덮어 주는 사람은 푸근한 사람입니다. 그 결점을 보완해 주는 사람은 지혜로운 사람입니다. 돕고도 말이 없으면 거룩한 사람입니다."

우리 승윤이랑 정윤이에게 평생 동안 서로 힘이 되어 주는 그런 좋은 친구들이 많이 생길 수 있게 엄마는 열심히 기도한단다. 물론 좋은 배우자들을 위해서도 말이지. 아직 어린 아들들한테 배우자란 말 자체가 와 닿지는 않겠지만 말이야.

# 다섯 번째 엄마의 편지

사랑하는 승윤아, 정윤아.

이번 바둑대회에서 너희들 둘 다 학년 최우수상을 받은 거 정말 축하해. 엄마가 너무 좋아하면 혹시라도 나중에 상을 받지 못할 경우에 너희들이 움츠러들거나 엄마랑 아빠에게 미안한 마음이 들까 봐 적정선에서 기쁜 마음을 표현했단다.

그리고 솔직히 말하면 엄마는 너희들이 상을 받고 못 받는 것에 대해서는 별 관심이 없어. 너희들이 좋아서 선택한 바둑이고 워낙 좋아라하니까 시키기는 하는데 그것 때문에 인간관계가 좁아지지는 않을까 운동부족이 되지는 않을까 걱정될 때가 더 많은 걸. 그래서 엄마는 바둑대회 때마다 수상여부보다는 너희들이 노력한 만큼 좋은 결과가 나온 것에 만족하고 행복해하는 너희들 표정을 바라보는 것만으로도 감사해.

특기 하나 배워 두면 좋겠다 싶어서 너희들이 1, 2학년이 되었을 때 바둑을 시켜 봤는데 의외로 너무너무 좋아들 했지. 그래서 승윤이가 일곱 살 때 미국으로 가족여행 갔을 때가 생각나더구나. 잠시 작은 할아버지 댁에 머물렀는데 그때 처음으로 할아버지랑 지인분이 바둑 두는 걸 보게 되었잖아. 어른이 보기에도 꽤 긴 시간인 세 시간가량을 승윤이가 꼼짝도 않고 지켜봐서 깜짝 놀랐었지. 그땐 바둑의 규칙도 모를 때인데도 마치 다 알고 게임을 즐기는 것처럼 몰입해서 지켜봤었단다.

그때 엄마가 약간 눈치만 있었어도 한국에 오자마자 바둑학원으로 직행했을 텐데 까맣게 잊고 있다가 2년 후 바둑을 배우게 되면서 그때 일이 생각나더구나.

정윤이도 바둑을 좋아하고 선생님들이 칭찬하지만 승윤이는 과할 정도로 바둑에 심취해서 빠져들었어. 배우는 기보를 완벽하게 외워버린다거나 조훈현, 이창호, 이세돌 등 유명한 기사들의 이력을 줄줄 외우는 건 물론이고 겨우 초등학교 2학년짜리가 자기가 다닐 고등학교까지 생각해 놓을 정도였으니까. 이창호 기사가 충암고를 나왔다면서 충암고로 진학하겠다고 해서 얼마나 놀랐는지 모른단다.

권갑용 선생님이 세우신 KIBA에 다니면서는 둘 다 실력이 하루가 다르게 성장해서 서로 바둑을 두면서 공부하고 대화하는 걸 보면서 엄마는 참 뿌듯했어. 저렇게 좋아하는 걸 찾았으니 참 다행이다 싶어서 말이지.

그런데 어쩌면 살면서 이게 내 길이 아니다 싶을 수도 있단다.

어렸을 때 어느 정도 흥미와 실력이 있고 상을 받게 되면 자기에게 천부적인 재능이 있다고 믿고 계속 한길만 파게 되지. 그러다가 점점 성장하면서 자기 실력이 생각보다 어정쩡하다는 걸 깨닫곤 계속 이 길을 가야 하는지 다른 길로 가야 하는지 고민하게 돼. 만약 그런 때가 온다면 이것 하나만 기억하렴.

너희들이 행복하다고 생각하는 일, 그 일을 하면 되는 거야.

그 시점이 어디든 마음과 체력이 허락하는 한은 새롭게 도전하는 걸 두려워해선 안 된단다. 남의 시선이나 평가보다는 나 자신의 행복을 먼저 생각하라는 거야.

　범수 형 얘기를 해 줄게.

　범수 형 얘기는 너희들도 어릴 적부터 많이 들어서 알고 있을 거야. 공부도 잘하고 무슨 대회든 나가면 상을 받고 정부지원으로 방학 중에 북극다산기지도 다녀오고 과학영재로 뽑혀서 오랫동안 공부해온 그 범수 형.

　어느 날 갑자기 패션디자이너가 되고 싶다고 고백했고 이모랑 이모부는 즉시 미술학원에 등록시켜서 본인이 하고 싶은 걸 할 수 있도록 응원해 줬지.

　주위에서는 다들 철없는 아이를 설득시키지 않고 부모가 함께 잘못하는 거라고 극구 반대했지만 지금 너무나 행복하게 미대에 진학하여 열심히 공부하는 범수를 보면 참 잘한 결정이었다고 생각한단다. 엄마는 당시의 범수와 작은 이모 부부를 보며 굉장히 부러운 게 있었어.

　다름 아니라 한참을 망설이고 고민했을 그 결심을 부모님께 털어 놓을 수 있었던 범수의 부모님에 대한 신뢰. 아무리 말이 안 되는 요구를 해도 부모님이 결국은 이해해 줄 거라고 믿는 그 확신이 엄청나게 부러웠어.

　솔직히 이모부와는 달리 이모는 겉으론 쿨한 척했지만 속으로는 엄청 울었대. 형한테는 하고 싶은 걸 하는 게 정답이라며 응원했지만, 그동안 쌓아 놓은 스펙도 아깝고 남들의 시선도 신경 쓰이고 해서 거의 두 달을 속으로 앓았다는구나. 그리고 남들 의식하느라 내 아이가 행복하지 않은 길을 걷게 한다면 그게 정말 옳은 일일까 생각했대. 그렇지만 남들보다 몇 년을 늦게 시작한 미술공부를 한다며 손마디마다 굳은살이 박일 만큼 밤잠 줄여 가며 공부하는 범수를 보면서 서서히 진심으로 아들의 선택을 응원하게 되었다는구나. 과연 똑같은 상황에서 우리 승윤이랑 정윤이도 엄마나 아빠한테 고민을 털어 놓았을까? 지금까지 엄마가 그런 확신을 줄 만큼 너희들에게 행동을 해왔을까? 좀처럼 자신이 서지는 않는구나.

하지만 아직 너희들은 어리고 우리에겐 많은 시간이 있잖니? 엄마는 앞으로 모든 교육의 가치를 너희들의 행복에 맞출 예정이야. 그러니까 무슨 일이든 의논상대가 필요할 땐 꼭 엄마나 아빠한테 말해주길 바란다. 함께 머리를 맞대고 방법을 찾아보자꾸나.

우리 가족은 이 세상에서 서로에게 가장 친한 친구니까 말이야. 그리고 미래의 행복을 위해 오늘의 행복을 담보 잡히지는 말자. 오늘 행복하지 않으면 내일도 절대 행복할 수 없는 거라고 하더라. 항상 감사하며 사랑하는 가족들이 곁에 있다면 그게 바로 행복인거지.

# 여섯 번째 엄마의 편지

사랑하는 승윤아, 정윤아.

평소에는 잘 싸우지 않던 너희들인데 오늘은 웬일로 말다툼을 하다가 결국은 아빠한테 꾸지람을 들었구나. 어릴 때는 싸우면서 크는 게 당연하고 또 그래야 화해하는 방법도 배우게 되는 거라고 사람들이 말을 하더라. 그래도 엄마는 너희들이 항상 사이좋게 자랐으면 좋겠다. 아무리 형제간이라고 해도 서로에게 예의는 지킬 수 있게 욕설 같은 건 하지 말고 늘 배려하고 양보하고 말이야.

서래마을에 살 때 현재 형네에 자주 놀러가곤 했었지. 엄마들은 식탁에서 커피를 마시고 아이들은 그 집 강아지인 몽실이랑 장난치며 즐거워하고.

그때 엄마들끼리 너희들에 대해 한 얘기가 생각난다.

정윤이가 몽실이를 껴안고 뽀뽀하고 좋아서 어쩔 줄 모르니까 승윤이가 조용히 옆에 가더니 이렇게 말을 했대. "강아지한테서 병균 옮으면 안 되니까 너 가기 전에 비누로 깨끗이 손 씻어."

그리고 어른들이 슈퍼에 가서 각자 과자 한 개씩만 골라서 사 먹으라고 돈을 줘서 내보냈더니 다들 손에 뭔가를 들고 왔는데 정윤이만 빈손으로 왔었어. 이유를 물었더니 형이 슈퍼에 들어가자마자 자기가 좋아하는 과자인 죠리퐁과 젤리를 골라들기에 한 사람당 한 개만 고르라는 말이 생각나서 자기는 고르지 않았다고. 즉, 형이 두 개를 고르는 바람에 정윤이는 스스로 자기 걸 포기한 거였지.

다른 엄마들이 형제애가 남다르다며 칭찬했지만 엄마는 그다지 마음이 좋지만은 않았어. 엄마가 너희들에게 지나치게 위생을 강조한 나머지 승윤이는 마음껏 강아지를 만질 수 없었고, 엄마가 항상 양보와 배려를 강조한 나머지 정윤이는 자기 권리를 주장하지도 못했으니까 말이야. 그래서 아빠한테 그런 안타까움을 얘기했더니 아빠는 그러시더라.

우리 승윤이, 정윤이는 누구보다도 훌륭하게 잘 자라고 있으니 그런 걱정은 절대 하지 말라고 말이야. 엄마랑 아빠는 그저 맛있는 거 먹이고 잘 입히고 재우며 사랑만 쏟아주면 될 뿐 너희들을 키우시는 이는 하나님이시라고 하셨어. 아빠의 그 말을 듣고 나니 그제야 마음이 좀 위로가 되더구나. 엄마는 건강하지 못해서 너희들에게 항상 미안한 마음에 작은 일에도 감정이 오르내리곤 하거든. 마음은 내가 다스리고 만들어가는 건데도 그게 가끔은 아주 어렵게 느껴질 때가 있단다.


엄마가 재미있는 얘기를 하나 해 줄게.

어느 인디언 마을에 한 늙은 추장이 있었는데 어린 손자에게 자신의 내면에서 일어나고 있는 '큰 싸움'에 관하여 이야기하고 있었어.

"얘야, 우리 모두의 마음속에는 싸움이 일어나고 있단다. 두 마리 늑대 간의 싸움이지. 한 마리는 나쁜 늑대로서 그놈이 가진 것은 화, 미움, 질투, 슬픔, 거짓, 교만, 이기심이란다. 다른 한 마리는 좋은 늑대인데 그가 가진 것은 기쁨, 평안, 사랑, 소망, 인내심, 겸손, 친절, 동정심, 진실 등이고 말이지."

어린 손자가 물었어.

"어떤 늑대가 이기나요?"

늙은 추장은 간단하게 대답했어.

"네가 먹이를 주는 놈이 이기지. 사람의 마음은 정원 같아서 아름답게 가꿀 수도 있고 거친 들판처럼 내버려둘 수도 있단다. 하지만 가꾸든지 내버려두든지 반드시 싹은 돋아나지. 아무리 좋은 씨앗을 뿌려도 가꾸지 않고 내버려두면 쓸모없는 잡초가 무성하게 자라듯, 우리도 내 마음이라는 정원을 가꾸지 않으면 악하게 타락하고 만단다. 그러니까 잘못되고 나쁜 생각들은 없애 버리고, 옳고 유익하며 순수한 생각들의 꽃과 아름다운 열매를 잘 가꾸어 나가야 한단다. 알았느냐?"


승윤아, 정윤아.

아직 어려서 무슨 말인지 잘 이해가 안 갈 수도 있는데, 너희들의 마음을 하나님의 아름다운 정원으로 가꾸어 가자는 이야기야.

남을 사랑하고 항상 감사하며 이웃을 도울 줄 아는 그런 사람으로 살아가는 게 바로 하나님이 원하시는 모습이거든. 그런 마음정원을 만들려면 '말'을 가장 조심해야 해.

나쁜 말을 하면 마음이 점점 어두워지고 악해져. 반대로 예쁘고 좋은 말을 하면 마음이 점점 밝아지고 착해지지. 그다음 조심해야 할 것은 '행동'이야. 악한 길로 유혹하는 친구나 환경에서 떠나야 해. 악의 길이 아닌 바른 길로 가서 바른 행동을 해야 하거든.

수시로 자기의 마음밭을 돌아보고 혹시라도 불평, 불만, 미움 등 잡초가 보이거든 얼른 뽑아 버리고, 믿음, 소망, 사랑의 씨앗을 그 자리에 심어서 선하고 아름다운 열매가 맺히도록 함께 노력하자꾸나. 엄마랑 아빠도 함께 노력할게.

사랑하는 승윤아, 정윤아.

아직 초저녁인데 벌써 어스름이 내려앉았구나.

지금 너희들은 둘 다 바둑학원에 있고 아빠는 순대를 먹고 싶다는 엄마의 한마디에 바람처럼 사라지셨다. 아마 지금쯤 시장 여기저기 돌아다니며 순대를 찾고 계실 거야.

벌써 아픈 지 2년이나 됐는데도 아빠는 조금도 지치거나 변하지 않고 항상 똑같은 모습으로 엄마를 사랑하고 지켜 주신단다. 엄마는 가끔은 미안한 생각에 마음에도 없는 투정도 부리고 짜증도 내지만, 아빠는 단 한 번도 싫은 기색을 보인 적이 없었어.

엄마랑 아빠가 어떻게 만났고 어떻게 사랑했고 결혼하게 됐는지 오늘은 너희들에게 말해 주려고 해.

엄마랑 아빠는 스물여덟 살 봄에 만났어. 너희들 어렸을 때 한 달에도 몇 번씩 만나곤 했던 분이니 기억이 날 거야. 종호 삼촌. 삼촌이랑 엄마는 초등학교 동창인데 둘이서 함께 아는 친구의 결혼식이 고대 교우회관에서 있었어. 그때 종호 삼촌의 소개로 아빠를 만나게 되었단다.

첫인상은 키가 크고 마른데다가 청재킷을 입고 있어서 약간 껄렁껄렁해 보였어. 딱히 좋다거나 싫다거나 하는 느낌은 없었는데 종호 삼촌이 정말 괜찮은 사람이라고, 남자는 남자가 보는 게 정확하다고 그러는 바람에 몇 번 만나다 보니 정말 좋아지더라.

우리는 주로 안암 로터리나 종로에서 만났는데 아빠의 역도부 친구들이 자주 동석하곤 했어. 친구들 중엔 재미있는 사람들이 있어서 우린 늘 왁자하게 웃고 떠드는 분위기에서 데이트를 했는데 엄마랑 아빠는 둘이 만나는 것보다 그렇게 여럿이서 만나는 걸 더 좋아했던 것 같아.

한 번은 무엇 때문에 화가 났는지 기억은 안 나는데 엄마가 혼자서 집으로 돌아와 버렸단다. 아빠는 엄마가 살던 집 앞 길에서 계속 엄마를 기다렸고, 엄마는 고집 부리느라 마음이 불편하면서도 모르는 척 버텼지. 그렇게 며칠을 계속하다가 함께 살던 미선 이모가 등 떠미는 바람에 화해를 했는데 그 후로는 절대 같은 실수를 저지르지 않았어.

만약 아빠가 도중에 지쳐서 포기했더라면 엄마 성격에 다시 연락했을 리는 없고 둘이서 결혼할 기회는 영영 사라져 버렸겠지. 나중에 생각해 보니 끝까지 엄마를 포기하지 않았던 아빠가 몹시 고마웠고 다시는 그러지 말아야지 하고 다짐을 하게 되었어.

결혼 후 연년생으로 너희들이 태어났어. 잠시도 엄마 곁을 떠나지 않으려는 너희들을 보며 힘들겠다고, 역시 연년생 형제를 키우는 건 어려운 일이라고 사람들은 말하더라.

하지만 그건 사람들 추측일 뿐이고 우리 네 식구는 정말 행복하고 즐겁게 살았단다. 엄마가 지금까지 살아오면서 가장 행복했던 때는 바로 아빠랑 결혼해서 살아온 지금까지의 시간이란다. 아빠 덕분에 처음으로 한 인간으로서의 자존감을 아주 커다랗게 느꼈고 가정을 꾸리면서 이런 게 행복이구나 하는 생각에 하나님께 감사기도를 드리곤 했어.

성경 말씀 중에 이런 대목이 있어.

"마른 떡 한 조각만 있고도 화목하는 것이 제육이 집에 가득하고도 다투는 것보다 나으니라." (잠언17:1)

정말 그렇더라. 사는 데 필요한 물질은 그다지 많이 필요한 게 아니고 가족 간의 사랑만 있으면 뭐든 다 할 수 있거든. 엄마가 지금 이렇게 아프고 보니 거기에 '건강'도 필요하다는 생각도 들지만 말이야. 하지만 생명을 주신 분도 하나님이고 거두시는 분도 하나님이시며 그분은 절대로 실수하지 않으시는 분이라는 걸 엄마는 확실하게 믿고 있거든.

너희들이 아직 어려서 이해하기 힘들겠지만 하나님이 사랑하는 자라고 이 세상에서 살아가는 데 필요한 모든 일들이 순탄하게만 이루어지는 건 아니란다.

사업이 망하기도 하고 아프기도 하고 때론 죽기도 하지. 하지만 그런 가운데서도 항상 감사할 수 있는 건 우린 그냥 이렇게 끝나는 게 아니라 나중에 영원한 생명을 얻고 다시 만날 수 있기 때문이야. 우리 승윤이랑 정윤이도 엄마처럼 항상 하나님께 감사하면서 살았으면 좋겠다. 영원한 시간에 비하면 80여 년의 시간은 티끌만큼이나 짧고 의미 없게 느껴질 수도 있지만, 엄마는 행복하게도 그 짧은 시간마저 이 세상 누구와도 바꿀 수 없는 진실한 사랑을 만났잖아. 게다가 그 사람과 결혼해서 행복하게 살면서 너희들, 두 보물을 얻었으니 그 사실만으로 평생 감사거리가 충분하단다.

그래서 엄마는 말이지. 사람들이 들으면 늘 웃더라만, 너희들의 배우자를 위해서 지금도 기도하고 있단다. 엄마랑 아빠처럼 서로를 믿고 사랑하는 그런 부부가 될 수 있도록 말야. 누군지 몰라도 나중에 너희들 앞에 나타났을 때 한눈에 서로 알아보고 힘든 과정 없이 결혼하게 해 달라고. 엄마랑 아빠는 누구든 너희들의 선택을 믿게 해 달라고 기도하고 있단다. 너무 이른 것 같지만 살아 보니 시간이란 게 정말 날아가는 화살 같아. 매사에 최선을 다하면서 하루하루를 열심히 살아야겠어.

아들들! 항상 사랑하며 살자꾸나.

사랑하는 승윤아, 정윤아.

살아가면서 누군가에게 선의를 베푼다는 건 경험해 보지 않은 사람들은 절대 모를 특별한 기쁨이지. 내 행동으로 인해 상대방이 느꼈을 고마움보다 몇 배나 큰 뿌듯함과 즐거움을 가질 수 있게 되거든.

언젠가 큰 이모랑 전철을 타게 되었어. 혼잡한 역을 걷고 있는데 한 할머니가 커다란 짐 보따리를 양손에 들고 힘겹게 걷고 계셨지. 주위엔 사람들이 많이 지나가고 있었지만 어느 누구도 도와주려하지 않더구나. 그런데 큰 이모는 한 치의 망설임 없이 할머니께 다가가더니 "할머니, 어디까지 가세요?" 하고 물었어.

할머니가 타시고자 하는 전철은 우리가 타려는 전철과 정반대 방향이었고 길다란 계단까지 한참을 걸어야 하는 곳이었단다. 큰 이모는 엄마를 돌아보며 운동 삼아 좀 더 걷는 셈 치자고 하더니 자기 가방을 맡기곤 할머니의 짐 보따리를 뺏어 들더구나.

할머니는 몹시 고마워하시며 모처럼 허리를 펴셨고, 우린 할머니를 타시는 곳까지 모셔다 드린 뒤 되돌아왔단다. 오지랖 넓은 언니라며 웃었지만 엄마는 속으로 그런 큰 이모가 참으로 자랑스러웠다. 나도 저렇게 베풀며 살아야지 다짐도 했고 말이야.

이모한테 물은 적이 있었어. 봉사활동도 그렇고 남의 일에 관심 갖는 것도 그렇고 그 이유에 대해서 말이지. 이모가 그러더구나.

첫째는 이웃을 사랑하라는 하나님의 말씀에 순종하는 것이라고 했어.

둘째는 하나님은 공의로우신 분이니 어떤 방식으로든 갚아주실 거라고 하더라. 외할머니나 외할아버지가 길에서 곤란에 처했을 때 누군가로부터 도움을 받거나, 내 자식들이 힘든 상황에서 남으로부터 도움을 받거나… 분명히 뿌린 만큼 받게 될 거라고.

셋째는 가장 중요한 건데 이런 저런 이유를 떠나서 남을 돕는 순간 느껴지는 순수한 기쁨과 행복감 때문이라고 했어.

남을 돕는다는 건 사실 스스로의 영혼이 건강하고 성숙해지는 지름길이라고 생각해. 물론 성경에도 나와 있듯이 즐겨 남을 돕다 보면 아브라함처럼 부지불식간에 천사를 영접하는 경우도 있지만 말이야.


엄마가 참 좋아하는 얘기 하나 해 줄게.

미국의 최고급 호텔인 월도프 아스토리아 호텔에 얽힌 실화란다.

미국 필라델피아의 어느 시골에서 유명한 축제가 며칠간 진행되고 있었대. 어느 날 밤 비바람이 치는데 노부부가 한 호텔에 방을 구하러 왔단다. 미리 예약을 하지 않은 데다가 축제기간이라서 당연히 방이 없었어. 노부부는 어쩔 줄 몰라 당황하기 시작했어. 젊고 친절한 종업원은 노부부가 안타까워서 이리저리 근처 호텔로 수소문해 보았지만 빈방은 구할 수가 없었단다. 노부부가 그냥 돌아서려 하자 종업원이 말했어.

"혹시 괜찮으시다면 제 숙소에서라도 주무시고 가시겠어요?"

종업원은 좁고 누추한 자기 숙소로 노부부를 모시고 가서 깨끗한 새 시트와 이불을 제공했고 자신은 다른 곳에서 불편하게 잠을 청했단다. 다음 날 노부부가 정말 감사했다며 숙박비의 세 배가 넘는 돈을 주려 했지만 자신의 방은 투숙하는 곳이 아니기 때문에 돈을 받을 수 없다며 정중히 거절했대. 그때 할아버지가 당신은 이런 작은 곳이 아니라 훨씬 큰 호텔에서 일을 해야 한다고 칭찬하며 헤어졌는데, 2년 후 그 종업원에게 뉴욕 행 비행기 티켓과 한 호텔의 개장식 초대장이 날아온 거야.

바로 월도프 아스토리아 호텔의 창업주가 그 할아버지였고 비바람이 치던 밤, 종업원이 보여준 선의와 프로정신에 감동받아 그 종업원을 초대 사장으로 초빙한 거란다. 그 종업원이 훗날 그 호텔을 세계 굴지의 호텔 체인으로 만든 조지 볼트란 사람인 거지. 대단하지 않니?


몸에 밴 친절과 역지사지의 배려가 그 사람의 인생을 통째로 바꿔 버린 key가 되었던 거야. 물론 모든 선행과 선의가 반드시 좋은 결과를 가져오는 건 아니지만 그래도 이런 사람들이 만들어가는 세상이 더 아름다울 것 같지 않니?

정윤이가 초등학교 1학년 때인가. 등교할 때 앞서 가던 여자아이의 무거운 과제물을 대신 들어 준 적이 있었는데 기억나니? 그래서 그 아이가 자기 엄마한테 네 얘기를 했고 그 엄마가 다음날 고맙다며 초콜릿을 엄청나게 많이 선물했었잖아.

그 아줌마가 그러더라. 아직 어린 아이인데도 기사도 정신이 있다며 잘키우셨다고. 엄마는 그때 얼마나 기분이 좋았는지 몰라. 누가 시킨 것도 아니고 시험성적에 반영되는 것도 아닌데 우리 정윤이는 참 따뜻한 마음을 갖고 있구나 싶어서 말이야.

물론 승윤이도 그래. 추운 겨울날 밖에 외출했다가 엄마가 손을 비벼대자 승윤이가 자기 장갑을 건네줬어. 자기는 손이 안 시리다고 하면서 말이지. 그날 엄청 추웠는데도 엄마를 먼저 생각하는 그 마음도 배려고 사랑이란다.

쓰다 보니 엄마는 정말 행복한 엄마네. 두 아들이 모두 착하고 바르게 자라주고 있으니 말이야. 언제까지나 변하지 말고 지금처럼 주위 사람들에게 좋은 영향력을 끼치면서 살았으면 좋겠다. 성경에 나오는 누룩처럼 좋은 의미로 세상을 변화시키는 주역이 되도록 우리 다 같이 열심히 살자. 사람들을 사랑하고 도우면서 말이야.

# 아홉 번째 엄마의 편지

사랑하는 승윤아, 정윤아.

이렇게 글을 시작하다 보니 갑자기 너희들의 이름을 짓던 때가 생각나는구나.

승윤이가 태어났을 때 아빠랑 엄마는 한글로 이름을 지을까 생각을 해서 많은 후보 이름들을 준비해 놓고 있었단다. 슬기, 하늘이, 누리, 별이, 빛솔이… 참, 온이도 있었다.

세상의 중심이 되라는 뜻으로 '가온'. 그런데 평생 쓰는 이름을 그렇게 함부로 지을 수는 없는 거라며 고모랑 할머니께서 굳이 유명한 작명소에서 짓겠다고 하셨어.

너희들도 알겠지만 할머니는 지금까지 한 번도 큰소리를 치시거나 엄마랑 아빠의 의견에 반대의사를 표하신 적이 없으신 분이잖니? 그런데 그때 처음으로 아주 강하게 의견을 주장하시는 거야. 엄마는 할머니가 그렇게까지 말씀해 주시는 게 오히려 고맙고 감사했어. 기독교인이 그런 걸 믿으면 되느냐고 혹 누군가는 말을 할지 모르지만, 오히려 그런 것으로부터 자유롭기 때문에 할머니의 바람을 들어드릴 수 있었던 거지.

'이길 승, 믿을 윤' 한자를 어떻게 풀이해야 하는지 몰라서 그냥 말뜻 그대로 생각하기로 했어. 이기는 믿음, 모든 걸 이기는 믿음이라고 말이야.

신기한 건 아직 승윤이가 말을 잘 듣지도 이해하지도 못할 때인데도 할머니가 제 이름을 부르면 고개를 돌리며 반응을 하는 것이었어. 이름을 부를 때마다 정말 기도하는 마음이 되더라. 우리 승윤이가 살아가면서 모든 걸 이겨내는 믿음을 갖게 해 달라고 말이야.

그러다 보니 정윤이도 자연스럽게 형처럼 할머니가 이름을 지어오셨지.

'수정 정, 믿을 윤'

수정처럼 맑은 믿음을 갖게 되길 바라는 엄마의 마음이 그 작명가에게 전해졌나 봐.

꼭 이름이 아니더라도 입으로 나오는 말의 힘은 무척 중요하단다. 하물며 평생 동안 다른 사람들에게 불리는 이름은 얼마나 중요하겠니?

에모토 마사루란 저자가 쓴 『물은 답을 알고 있다』란 책이 있어.

두 개의 컵에 물을 담고 각각 다른 곳에 놓은 다음 한 쪽에는 수시로 '예쁘다', '사랑한다'는 말로 칭찬을 하고, 다른 한쪽에는 '넌 못생겼다', '싫다'는 말로 비난을 한대.

그리고 나서 물을 급속 냉각한 뒤 결정체를 현미경으로 촬영을 했더니 칭찬만 들은 물의 결정은 완벽한 대칭의 아름다운 모습이었고, 비난만 들은 물의 결정은 형편없이 제멋대로인 모습으로 변했다는 실험이 주된 내용이었단다.

그 뿐만이 아니야. 식물도 같은 방식으로 실험을 하면 사랑받고 자란 식물은 싱싱하게 잘 자라는데, 구박과 미움을 듣고 자란 식물은 시들시들 병들기 십상이라는 결과도 있어.

제법 많은 증거 사진이 실려 있어서 출간 당시에 엄청난 화제를 몰고 온

책이란다.

한낱 물이랑 식물도 이렇게 듣는 말에 따라 전혀 다른 결과가 나타나는데 사람에게 말의 힘이란 얼마나 중요한 건지 상상할 수 있겠니?

그런 점에서 우리 승윤이랑 정윤이는 좋은 뜻을 가진 좋은 이름을 갖게된 걸 할머니와 고모에게 감사해야 해. 사람들이 너희들의 이름을 부를 때마다 '세상의 모든 걸 이기는 믿음아' 또는 '수정처럼 맑고 깨끗한 믿음아' 하고 부르는 거랑 마찬가지니까 말이야. 그런데 엄마가 진짜 하고 싶은 말은 따로 있어.

세상 사람들이 해 주는 칭찬이나 격려도 물론 중요하지만 어느 누구보다도 너희들 스스로가 너희 자신을 사랑해야 한다는 거야. 내가 나를 믿고 인정하고 사랑하지 않으면서 타인의 신뢰와 사랑을 기대한다는 건 말이 안 되는 거잖아.

어떤 상황에서든지 스스로의 능력과 가능성을 믿고 최선을 다한 다음, 결과가 좋지 않다면 그 상황에서 차선책을 생각해 보는 거지. 마음이 급할 때는 딱 그 길 하나만 있는 것 같지만, 시간이 흐른 뒤 다시 보면 전혀 새로운 길들이 사방으로 펼쳐져 있는 걸 알게 되거든. 중요한 건 항상 긍정적인 마음으로 주어진 환경에 감사하며 그 상황에서 너희들이 할 수 있는 최선을 다하는 거란다. 지금 당장이 아니고 남들보다 조금 늦게 시작하면 어때? 남들이 가진 것보다 조금 적으면 어때? 행복은 결코 남들과 비교해서 얻어지는 게 아니거든.

같은 회색이더라도 검은 바탕에 있을 때가 흰 바탕에 있을 때보다 더 밝아 보이는 착시현상처럼 행복도 다른 사람과 비교해서 상대적으로 느끼는 사람들이 많지만 회색은 항상 회색인 거야. 내 행복을 굳이 남과 비교할 필요는 없는 거지.

살아가면서 자기가 정말 하고 싶은 걸 할 수 있고 곁에 사랑하는 사람이 있다면 그게 바로 행복인 거란다. 엄마랑 아빠는 언제든 너희들을 지켜보며 응원하니까 혹시라도 힘든 일이 있을 땐 망설이지 말고 달려오너라. 꼬옥 안아주고 손잡아 줄 테니.

승윤아, 정윤아.

잊지 말아라. 스스로를 믿고 사랑하기.

사랑하는 승윤아, 정윤아.

오늘은 엄마의 어린 시절에 있었던 일 하나를 말해줄까 해.

엄마가 초등학교 저학년 때 있었던 일이야.

담임선생님은 나이가 많은 여자선생님이셨는데 굉장히 편애가 심하신 분이셨어. 당시엔 몰랐지만 나중에 커서 생각해 보니 잘사는 집의 아이들한테만 온갖 관심과 사랑을 보여 주고 가난한 아이들한테는 매몰차기 그지없는 분이셨지. 지금은 법적으로 금지되어 있지만 당시엔 학부모들의 촌지가 일반화되어 엄마들의 치맛바람이 엄청나던 때였단다.

같은 반에 아주 부잣집 여자아이가 있었는데 어느 날 그 애랑 싸우게 되었어. 엄마는 그 당시에도 별로 말이 없는 조용한 성격이어서 친구들과 다투는 일이 없었는데 그날은 예외였단다. 학기 초라서 개인 환경 조사지가 교실에 있었는데, 그걸 우연히 발견한 부잣집 아이가 엄마의 아버지 성함을 들먹이며 놀려대기 시작했어. 떡 이름이랑 똑같다며 'OO야', 'OO야' 하고 일부러 엄마 앞에서 소리치며 맴돌았지.

처음엔 어쩔 줄 모르고 당황하다가 나중엔 나도 화가 나서 선생님 책상 앞의 서류뭉치를 뒤져 그 애 아빠의 이름을 찾아낸 다음 똑같이 불러주며 응수해 줬어.

그런데 멀쩡하던 그 애가 갑자기 두 손으로 얼굴을 감싸 쥐며 엉엉 울어 대는 거야. 놀란 내가 뒤돌아보니 담임선생님이 막 들어오고 계시더구나. 선생님은 아이가 왜 울고 있는지 자초지종을 물으셨고 그 아이는 처음의 자기 행동은 쏙 뺀 채 엄마가 자기 아빠이름을 갖고 장난친 것만 말하는 거였어. 엄마는 어이가 없었지만 선생님께서 당연히 일의 전후사정을 물어보시고 잘잘못을 가려주실 줄 알았어.

그래서 선생님의 질문을 기대하며 대답할 말을 마음속으로 준비했는데 선생님은 그렇게 하지 않으셨단다. 엄마한테는 왜 그랬는지 물어보시지도 않고 큰소리로 꾸짖기 시작하셨지. 착한 아이인 줄 알았는데 아주 실망이라며, 어떻게 친구의 부모님 성함으로 장난을 칠 수 있느냐며, 네 아버지 성함으로 장난치면 넌 어떤 기분이 들겠냐며 한참을 꾸짖으셨어. 엄마는 억울하고 분한 마음에 울기 시작했고 끝끝내 변명 한 마디 못하고 집으로 돌아왔단다.

그런데 그때의 그 억울함과 분노가 어른이 되어서도 한참 동안 가슴에 생생하게 상처로 남았어. 잊힐 만도 한데 왜 그때 당당하게 그 아이가 먼저 시작했다는 것을 말하지 못했을까 자책하기도 했고 뒤늦게라도 그 선생님을 찾아가서 일의 전후를 설명하고 오해를 벗었더라면 얼마나 좋았을까 생각도 했어.

확실한 건 그 일로 인해 어린 마음에 이미 선생님에 대한 환상이 깨졌고 학교도 싫어졌다는 거야. 그 부잣집 여자애보다 선생님에 대한 원망이 훨씬 컸단다. 어린 시절의 기억이 별로 없는데도 그때의 일은 아주 생생하게 기억이 나고 생각할 때마다 가슴 한편이 아파올 만큼 말이지. 신앙생활을 하면서 수없이 많은 회개의 시간과 용서의 시간을 가졌지만 이상하게도 그 선생님은 절대 용서하고 싶지 않았어. 내 우울했던 어린 시절을 생각하면 그 사람만은 미움의 대상으로 한 명쯤 남겨 둔다고 해도 하나님께서 이해해 주실 거란 생각도 했거든.

그런데 요즘 성경을 묵상하고 기도하는 시간이 많아지면서 어느샌가 그 선생님에 대한 마음이 조금씩 변하게 되었단다. 살아오면서 과연 나는 다른 사람들에게 한 번도 실수하지 않고 살아왔을까. 나는 모르지만 누군가 내 행동과 말로 인해 상처받고 괴로워하지는 않았을까 하는 생각을 하게 되었어. 엄마도 스스로에게는 관대하고 남에게는 엄격한 이중 잣대로 살아온 건 아닌지 반성하게 된 거지.

하나님이 인간에게 선물하신 것 중 하나가 망각이라는 얘기가 있어. 살아온 모든 걸 기억할 수 있다면 인간은 불행할 거야. 그만큼 시행착오나 실수, 슬픔 등이 많다는 얘기야. 시간이 흐르면 자연스레 잊히거나 흐릿해지는 게 정상인데 자꾸 끄집어내서 기억하고 조심스레 다시 머릿속에 집어넣는 행동은 건강하지 못한 행동인 것 같아. 사람이 죽고 사는 문제도 아닌데 진심으로 용서하고 잊어버리는 게 나를 위해서도 좋았을 거란 생각이 들더구나. 엄마는 이제야 그걸 진심으로 깨닫게 되었어. 너희들은 엄마랑 똑같은 실수를 하지 않도록 이 말을 꼭 해 주고 싶다.

용서하며 살라는 말.

백범 김구 선생님이 이런 말을 하셨지.

"지옥을 만드는 일은 간단하다. 주위에 있는 사람을 미워해라."

엄마도 진작 그렇게 할걸. 그까짓 거 용서하고 잊어버렸어야 했는데 유독 그 일만 왜 붙잡고 있었는지.

아마도 지금 뜻대로 뭔가 잘되지 않거나 속상할 때 원망할 대상이 필요해서 남겨둔 핑계거리가 아니었나 싶다. 너희들은 이런 거 남겨두지 말고 그런 것까지도 전부 하나님 앞에 내려놓기를 바라. 진심으로 용서하고 잊어버리는 것, 정말 중요한 것 같다.

사랑하는 아들들아,

남들에게도 너희 자신에게도 너그러운 사람이 되기를 엄마는 기도한다.

사랑하는 승윤아, 정윤아.

지금 엄마는 너희들이 잠들고 난 뒤 이 글을 쓰고 있어.

낮에 승윤이가 만들어 준 쿠키 한 조각이랑 따뜻한 차 한 잔을 앞에 놓고 행복한 미소를 지으면서 말이지. 낮에 너희들이랑 나눴던 대화가 자꾸 생각이 나서 잊기 전에 몇 마디 적어 놓으려고 한단다. 승윤이가 처음으로 만든 쿠키가 의외로 맛있어서 온가족이 깜짝 놀랐잖아. 요즘은 요리 잘 하는 남자가 대세라며 나중에 여자들에게 인기 있겠다고 아빠가 장난스레 칭찬하시자 승윤이는 단박에 대답했지. 난 결혼 안 하겠다고. 그냥 어른이 되어도 엄마랑 살겠다고.

그러자 옆에서 정윤이는 '난 결혼할거야'라고 말했고 아빠는 어떤 타입의 여자가 좋으냐며 질문을 했어. 요리 잘 하는 여자, 예쁜 여자, 똑똑한 여자 등 여러 가지 보기를 주셨는데 정윤이는 망설일 것도 없이 무조건 '예쁜 여자'를 꼽았지.

이유를 물어보니 자기도 엄마처럼 예쁜 여자랑 결혼하고 싶다고, 학교 친구의 엄마들 중에 우리 엄마가 제일 예뻐서 자기는 친구들 앞에서 항상 어깨를 으쓱거린다고 그렇게 말했지. 정윤이가 1학년 때 공개수업 때문에 학교에 갔던 때가 생각나더구나.

엄마들이랑 몇 분의 아빠들이 교실 뒷편에 쭉 늘어서서 수업을 참관하고 있었는데 정윤이가 자꾸만 뒤쪽을 돌아보며 흐뭇한 표정을 짓곤 했어. 한쪽 끝에서 다른 한쪽 끝까지 눈여겨 돌아보다가 엄마랑 눈이 마주치면 씨익 웃곤 그제야 앞쪽으로 몸을 돌리기를 여러 번. 하교 후에 왜 그랬냐고 물어봤더니 정윤이가 대답했지.

"누구 엄마가 제일 예쁜지 보려고 몇 번이나 뒤돌아봤는데 역시 우리엄마가 제일 이뻤어"라고. 피식 웃음이 나왔지만 엄마는 그때 엄청 기분이 좋았어. 행복했고.

어쨌든 본론으로 돌아가자. 그때 아빠가 물으셨지. 만약 아빠랑 엄마가 반대하는 여자면 어떻게 하겠냐고. 그랬더니 역시나 아직은 어린 아이여서인지 그럼 안 하겠다고 대답을 했어. 한바탕 웃고 그 대화는 흐지부지되었지만 지금부터는 그 뒤의 얘기를 하려고 해. 물론 사랑이나 결혼 등의 주제가 많이 이른 감은 있지만 이런 얘기를 할 시간이 부족할지도 몰라서 생각날 때마다 남겨놓을 예정이야.

승윤아, 정윤아.

어른이 되면 누군가 사랑하는 사람이 생기게 될 거야. 그 사람이 예뻐서든 성격이 좋아서든 똑똑해서든 아니면 아무 이유 없이 그저 좋아서든 어쨌든 사랑하는 사람이 생길 거야. 사랑을 하면서 싸우기도 할 테고 단점들이 보이기도 하겠지만 서로에 맞춰가다 보면 조금씩 자신이 바뀌어 가기도 할 거야.

그런 모든 과정들을 거쳐서 이 사람이다 싶은 확신이 생긴다면 그때는 결혼을 해야겠지. 엄마가 경험해 보니 결혼을 해서 아이를 낳아보기 전까지는 두 사람의 사랑에 한계가 있는 것 같아. 결혼은 각자 다른 두 인격체의 법적인 결합일 뿐, 두 사람이 함께 키워나갈 아이가 생기는 순간 법으로도 어쩔 수 없는 아주 견고하고 끈끈한 무언가가 가족을 묶어 버리거든. 아이를 바라보면 그 안에 내가 있고 또 그 안에 사랑하는 남편, 아내가 있지. 그런 신비로운 경험을 할 수 있다는 건 엄청난 축복이야.

그래서 말인데 일단 누군가를 진심으로 사랑한다고 생각되면 그때부터는 그 사람을 너의 일부로 생각해야 한단다. 못생긴 얼굴, 마음에 안 드는 체형이라 해도 내 몸이니까 아껴 주고 사랑해야 하는 것처럼 때때로 상대방의 단점이 보이더라도 따뜻하게 포용해 주는 게 필요하다는 얘기지. '~하기 때문에' 사랑하는 게 아니라 '~임에도 불구하고' 사랑하는 게 진짜 사랑인 거야. 그래서 엄마는 혹시라도 부모가 반대하는 사람이라도 본인이 정말 사랑하는 사람이라면 절대로 포기하지 말아야 한다고 생각해. 주위에서 뭐라 하건 그 정도로 사랑에 미쳐있다면 두 사람을 바라보는 엄마는 오히려 안심이 될 것 같아.

영국에 에드워드 8세란 왕이 있었어. 즉위한 지 1년도 안되어 스스로 왕위를 반납하고 평민으로 돌아간 사람인데 그 이유가 뭔지 아니? 두 번이나 이혼한 경력이 있는 미국인 여자, 심슨 부인과 결혼하기 위해서였어. 당시 영국 국민들과 왕실에서 심슨부인과의 결혼을 엄청 반대하자 사랑하는 여자와의 미래를 위해 모든 권력과 명예를 망설임 없이 버린 거지. 그 후의 얘기야 어찌 됐든 바로 이런 게 진정한 사랑이 아닐까?

남들이 조건이나 배경 따위로 사람을 판단하고 점수를 매기려 할 때 나만이 볼 수 있는 그 사람의 내면의 아름다움과 가치를 믿고 지켜 주는 거.

물론 보통 사람들처럼 아무런 문제없이 결혼하는 게 가장 이상적이지만 말이야.

엄마는 우리 두 보물들한테 좋은 배우자들이 나타나도록 지금도 열심히 기도하고 있어. 그 배우자들한테 어울리는 좋은 남자가 되려면 너희들도 끊임없이 노력하고 발전해야겠지? 얼마나 이쁜 커플들이 될지 엄마는 무척 기대가 되는구나.

# 열두 번째 엄마의 편지

사랑하는 승윤아, 정윤아.

오늘 낮에 너희들끼리 이세돌과 알파고의 바둑대결에 대해 얘기하는 걸 들으며 많은 생각을 했단다. 과연 인간이 컴퓨터를 이길 수 있을까 하는 궁금증부터 다섯 판 중 세 판만 이기면 받게 될 어마어마한 상금 얘기까지 흥미로운 주제들이었어. 그러다가 나중에 어떤 직업을 갖게 될지에 대한 얘기를 서로 주고받기에 엄마도 모르게 귀를 기울였단다.

승윤이는 예상한 것처럼 프로바둑기사를 꿈꾸고 있고 정윤이는 지금 바둑은 하고 있지만 개그맨, 운동선수 등 아직 생각이 많은 것 같더구나.

순간 정윤이가 어릴 적 있었던 일이 생각나서 피식 웃었단다.

다섯 살 때인가, 감기 때문에 동네 소아과에 데리고 갔는데 진료를 다 끝내고 집에 오는 길에 갑자기 자기는 나중에 의사가 되겠다고 그러더구나. 의사선생님이 멋있어 보였나 싶어서 왜 의사가 되고 싶냐고 물었더니 정윤이가 한 말.

"내가 나중에 의사선생님이 돼서 아까 그 커다란 의자에서 그 선생님 내려오라고 하고 내가 앉을 거야. 그 의자, 내 꺼 할 거야."

그때 얼마나 웃었는지.

그래. 프로 바둑기사든 의사든 연예인이든 운동선수든 너희들은 무엇이든 될 수가 있단다. 정말 하고 싶은 일이 생긴다면 망설이지 말고 최선을 다해 노력해야겠지.

그때는 다른 사람들의 시선이나 편견 등에 굴하지 말고 오로지 너희들의 행복만을 최우선으로 생각해야 해. 세상에서 구분 짓는 사회적 레벨 따위를 완전히 무시할 수는 없어도 전적으로 거기에 매달릴 필요는 없다는 얘기야.

범수 형이 그러더라. 자기는 그래도 용기를 내어 부모님께 말을 해서 일찍 진로를 바꿀 수 있었지만 자기 과의 한 선배는 의대 본과 3학년까지 다니다가 뒤늦게 다시 공부해서 미대에 들어왔다고. 그동안의 시간도 아깝지만 그간 얼마나 마음고생이 심했겠니.

엄마랑 아빠는 너희들이 무슨 결정을 하든 존중해 주기로 다짐했으니까 너희들은 부지런히 진짜 하고 싶은 걸 찾아보렴. 요즘 젊은 친구들은 무조건 안정적인 직업만 찾아서 공무원 인기가 하늘을 찌른다는구나. 직업을 선택하는 조건이 무조건 돈이어야 할까? 엄마가 자신 있게 말하지만 절대로 그건 아니란다.


재미있는 얘기 하나 해 줄게.

미국의 한 애널리스트가 코스타리카의 작은 해변을 거닐다가 어부를 만났어. 그는 보트를 정박시킨 후 몇 마리의 황다랑어를 들고 내리는 참이었단다. 애널리스트는 어부에게 참 좋은 고기를 잡았다고 칭찬을 하면서 왜 벌써 돌아가느냐고 질문을 했어. 어부는 대답했지. 자기는 원래 늦게까지 자고 낮에 잠시 고기를 잡은 뒤에는 집에 가서 아이들과 놀아주고 저녁에 아내와 산책을 하거나 친구들과 맥주를 마신다고.

그러자 애널리스트가 말했지.

"나는 월스트리트의 중역이니 당신을 도울 수가 있소. 우선 당신은 고기잡이에 더 많은 시간을 보내고, 더 큰 보트와 인터넷 웹사이트를 장만하는 게 좋겠소. 그렇게 해서 돈을 벌면 여러 척의 배를 갖게 될 것이고, 잡은 고기를 중간상인에게 파는 대신 가공업자에게 직접 팔게 될 것이오. 나중에는 당신 소유의 통조림 제조공장을 열 수도 있고 직접 생산, 가공, 유통까지 해내는 거요. 그렇게 당신 기업을 수직적 계열화로 확장시키는 것이 필요하겠소."

그 어부는 물었어.

"그렇게 되려면 시간이 얼마나 걸리나요?"

"15년에서 20년은 걸리겠죠."

"그러고 나서는 뭘 하죠?"

"그 후엔 은퇴해서 조용한 바닷가에서 늦잠도 자고 아이들과 놀아주고 아내와 산책도 하고 친구들과 맥주도 마시며 인생을 즐기는 거죠."

무슨 얘기인지 눈치를 챘니? 이미 어부는 다 즐기고 있는 것들이란다.

돈은 살아가는 데 필요한 만큼만 있으면 어느 선에서는 만족할 줄 아는 것이 중요해.

자칫 놓쳐 버릴 수도 있는 일상의 소소한 행복들을 느낄 수 있도록 말이야. 한 템포 느리게 가더라도 하나님이 주신 것에 늘 감사하며 가족들과 함께 많은 시간을 보내고 가난한 사람들에게 베풀 줄 아는 삶이라면 그게 바로 최고의 삶이란다. 그러니까 돈만 바라보고 직업을 생각하기보다는 내가 정말 하고 싶은 일, 내가 가장 잘하는 일을 평생 직업으로 갖는다면 그 사람은 정말 행복할 거야.

안철수 씨 알지? 그 사람은 원래 서울대 의대를 졸업한 의사였어. 하지만 그는 의사로서 환자를 치료하는 일보다 컴퓨터 백신을 만들고 보안프로그램을 만드는 일에 더 흥미를 느껴서 나중엔 아예 본업을 바꿔 버렸지. 안철수 연구소를 설립해서 온 국민이 사용하는 바이러스 예방 백신을 만들어 냈잖아. 의사로서의 안철수로 남았다면 몇몇 환자를 치료하는 걸로 끝났을 텐데 말이야.

정말 하고 싶은 일과 내가 잘하는 일. 이 두 가지는 꼭 고려해서 직업을 선택하길 바란다. 엄마는 조용히 기도로 응원할게.

## 열세 번째 엄마의 편지

사랑하는 승윤아, 정윤아.

요즘 TV를 켜면 가습기 살균제 피해소송 얘기가 주로 나오는구나.

엄마도 너희가 어릴 때는 건조한 계절에는 항상 가습기를 사용했던 터라 그 뉴스를 볼 때마다 가슴이 철렁하곤 한단다. 아이들 키우는 집에서는 누구나 한 번쯤은 가습기 살균제를 사용하는 게 당연한 일이었으니까.

그런데 승윤이가 네 살 때였나, 작은 사건이 있었고 그 뒤부터 집에서 가습기를 치워 버렸어. 대신 빨래를 널어서 습도조절을 하게 되었지.

당시 승윤이는 혼자 노는 걸 좋아한 나머지 방에 들어가서 문을 걸어 잠그는 게 버릇이었어. 아무리 타이르고 주의를 줘도 어느샌가 혼자 방으로 들어가서 문을 잠그고 레고 쌓기나 장난감 조립을 하면서 시간을 보냈지. 아마 정윤이가 함께 놀자고 덤벼드는 게 귀찮아서 피하려고 그랬는지도 몰라.

어쨌든 그날 저녁에도 아빠랑 엄마, 정윤이는 거실에 있었고 승윤이는 방에 혼자 있었는데 갑자기 와장창창 요란한 소리와 함께 와앙 하고 울음소리가 터지는 거야.

깜짝 놀란 엄마랑 아빠는 방문을 열고 들어가려 했지만 잠겨 있어서 열수가 없었어.

"승윤아, 문 좀 열어 봐."

승윤이가 놀랄까 봐 최대한으로 다정하게 말을 했는데도 울음소리만 커질 뿐 문은 여전히 열리지 않았지. 결국은 베란다 쪽 창문을 통해 아빠가 들어가서 방문을 열었는데 화장대 위에 있던 가습기가 통째로 방바닥에 떨어져서 물이 흥건하게 쏟아져 있었어. 승윤이는 그 상황에 놀라기도 하고 꾸지람 들을까 봐 무서웠는지 앙앙 울기만 했고. 하지만 엄마는 일단 승윤이가 다친 데 없이 무사한 게 너무나 감사해서 안도감이 밀려왔단다. 승윤이를 꼬옥 껴안고 한참을 달랜 뒤에 두 눈을 들여다보면서 말해 주었어.

"승윤아, 앞으로는 혼자 있을 때 절대로 문을 잠그지 마. 오늘은 다행히 아무데도 다친 데가 없지만 혹시 어디라도 다쳤을 때 엄마나 아빠가 들어와서 널 도울 수가 없잖아. 무슨 일이 생겨도 엄마랑 아빠는 네 편이고 널 돕고 싶어 해. 만약 실수로 무슨 잘못을 했더라도 말이지. 이 세상에 있는 보물 전부를 줘도 우리 승윤이나 정윤이랑 절대 바꾸지 않을 거거든. 알겠지?"

그 후 신기하게도 승윤이의 방문을 잠그는 버릇이 완전히 사라졌고 엄마는 온 집안의 위험 가능성이 있는 소품들을 다시 정리해서 치워 버렸지.

지금도 가끔 그날 일을 생각해 본단다.

그날 일기를 쓰면서 너희들과 엄마, 아빠의 관계랑 하나님과 우리들의 관계에 대해서 크게 깨닫게 됐거든. 전에는 막연하게 하나님의 무한한 사랑, 우리는 하나님의 자녀 등등 머릿속으로만 알고 있던 개념들을 그날 그 사건을 통해 온몸으로 경험했고 실제적으로 느끼게 되었어. 승윤이가 방 안에서 다쳤을까 봐 어쩔 줄 몰라 하며 안타까웠던 심정, 문만 열면 도와 줄 수 있는데 문을 열어주지 않아서 그럴 수 없었던 잠깐 동안의 절절함 등…
이런 게 바로 부모의 마음이구나 하는 걸 느꼈단다.

하나님도 이런 심정으로 우리를 바라보고 계시는구나 하는 걸 생각하곤
일기를 쓰다 말고 한참을 울었어. 너무나 감사하고 또 감사해서.

승윤아, 정윤아

살면서 너희들이 엄마, 아빠에게 뭔가 도움을 청할 때 우린 해 줄 수 있
는 건 무엇이든 해 주려고 할 거야. 그런데 사람이기 때문에 어쩌면 도저히
해 줄 수 없는 경우가 생길 수 있어. 바로 그때, 기도를 하는 거란다. 엄마
랑 아빠가 해 줄 수 없는 것도 하나님은 모두 해 주실 수 있는 분이고 어떤
게 너희들에게 가장 좋은 길인지도 알고 계시는 분이니까 진심을 다해 간
절히 기도하는 거야. 때론 힘들고 어려운 시기가 올 수도 있지만 그때마다
큰소리로 외쳐 보는 거지. "내 뒤엔 하나님이 있는데 뭐가 걱정이야?"


끝으로 미국 인디언들의 풍습 하나를 말해 줄게.

소년이 성인으로 인정받기 위해서는 반드시 거쳐야 하는 시험이 있대.
나무 타기, 식량 구하기, 싸움 등 여러 가지 훈련을 하고 마지막 날 깊은 산
중에 들어간다지. 어른들은 작은 모닥불을 피워 주곤 소년 혼자 남겨둔 채
모두들 내려가 버린대. 밤새 맹수들의 울음소리에 가슴 졸이기도 하고 바
스락거리는 나뭇잎소리에 깜짝 놀라기도 하면서 불이 꺼지지 않게 장작을
넣어가며 아침이 오기만을 간절히 기다리는 거야.

서서히 아침이 밝아오고 나무 뒤에서 무슨 소리가 나서 놀라며 돌아보
면 그곳에 키가 큰 어른 한 사람이 서 있어. 밤새 아버지가 아들을 지켜보
고 있었던 거야.

아버지 역시 한숨도 자지 않고 행여 아들에게 위험한 일이 생길까 지켜

보면서 아들이 어른으로 커 가는 모습을 응원해 주고 있었던 거지.


이게 바로 아버지의 마음이란다. 우리를 바라보는 하나님의 마음.

항상 기억하거라.

"네가 어디로 가든지 네 하나님 여호와가 너와 함께 있느니라 하시니라."

(여호수아1:9)

사랑하는 승윤아, 정윤아.

지난주에 큰 이모네 다녀온 후로 너희들의 마음을 완전히 흔들어버린 게 하나 있지.

자몽이. 그 조그맣고 사랑스러운 강아지와 하루 종일 뒹굴며 놀다 오더니 시간 날 때마다 강아지를 기르자고 졸랐으니 말이다. 승윤이는 별로 표현은 안 하지만 강아지 얘기만 나오면 눈이 반짝반짝 빛나고 정윤이는 밥 주는 것도 목욕시키는 것도 다 자기가 할 테니 사기만 해 달라고 아주 적극적으로 요구를 했지. 너희들이 하도 좋아하니까 엄마도 잠시 망설여졌는데 아빠의 단호한 한마디에 모두들 강아지 키우기를 포기했었지. 강아지를 키우면 엄마 건강에 좋지 않을 거란 아빠말씀에 한마디 반박도 없이 금방 수긍하는 너희들을 보며 엄마는 무척 미안했단다. 엄마가 다시 건강해져서 강아지도 키우고 고양이도 키우는 날이 빨리 왔으면 좋겠어.

그런데 동물을 키운다는 건 사실은 엄청난 책임이 따르는 거야.

단지 먹이고 씻기는 게 다가 아니라 운동도 시키고 너무 외롭지 않게 놀아도 주고 때마다 예방접종도 해 주고 혹시 여행을 가거나 할 때는 데리고 가야 하지. 그런데 너희들에게 '책임감'에 대해서 어떻게 설명을 해야 할까? 살다보면 강아지 키우기뿐만 아니라 여러 가지 상황에서 너희들에게 요구되는 책임이라는 게 생기거든. 어릴 때는 학생과 자녀로서의 책임, 성인이 되어서는 국민과 가장, 직장 내 위치에서의 책임 등이 생겨. 사실 한 사람에게 주어지는 책임에도 여러 종류가 있단다. 그건 그 자리에서 최선을 다하겠다는 나와의 약속이야. 다른 사람이 아닌 나 스스로에게 하는 약속. 그것을 사람들은 '책임감'이라 말하지.

이해하기 쉽게 재미있는 일화를 하나 얘기해 줄게.

우리나라의 대통령이셨던 이명박 씨가 현대건설에서 일을 할 때의 얘기야.

70년대 중동에 건설바람이 불 당시 누구도 알아주지 않던 현대건설이 아주 어렵게 공사 하나를 따냈어. 이번 기회에 현대건설의 이름을 세계에 알리겠다는 각오로 모두 아주 열심히 일을 했지만 곧 난관에 봉착했지. 모래사막이 대부분인지라 우리나라의 토양과 달라서 일이 도무지 진척되지 않았고 한낮의 날씨가 너무 더워서 한국과 달리 낮에는 도저히 일을 할 수가 없는 거야. 게다가 기술부족과 경험부족 등이 겹치면서 이 공사를 계속하다간 오히려 어마어마한 적자를 낼 지경에 이르렀단다.

다들 공사를 반납하자고 뜻을 모았지만 이명박 씨는 절대 안 된다며 펄쩍 뛰었어. 전 세계가 지켜보는 데서 맺은 계약이니 손해를 보더라도 끝까지 완공을 해야 한다고, 당장 보이는 돈도 중요하지만 계약파기로 인해 얻을 이미지 실추는 어떻게 할 거냐며 말이지. 정주영 회장이 며칠 동안 고민하다가 이명박 씨의 의견을 받아들였고 결국은 30억(지금 가치로는 1,000억 정도)이란 어마어마한 적자를 보며 공사를 완벽하게 끝냈어.

훗날 정주영이 기자들에게 이렇게 말했대.

"엄청난 적자에 회사가 휘청거렸지만 그 공사를 계기로 현대의 토목기술이 눈부시게 발전했고 아시아와 중동국가에 '현대는 진짜 믿을 수 있는 기업'이란 신뢰를 각인시켰다. 정말 중요한 공사였다."

그 뒤 중동의 여러 국가에서 앞 다퉈 현대건설에 공사를 맡겼고 덩달아 한국의 이미지가 좋아지는 바람에 현대가 아닌 다른 건설사들까지 특수를 누렸다는 이야기야.

그 분은 태국 건설현장에서 자금 관리를 하던 시절에도 일화가 있어.

뭔가에 불만을 품은 현지 노동자들이 폭력을 행사하며 사무실에 처들어 왔는데, 그때 다른 직원들은 모두 도망가기 급급했지만 이명박 씨는 끝까지 남아서 금고를 지켰다는구나.

금고 안의 돈을 주면 살려주겠다는 협박에도 이건 내 돈이 아니라 회사 돈이기 때문에 그럴 수 없다며 버텼대. 다행히 경찰이 도착해서 다들 체포하려 했는데 이명박 씨가 사소한 오해라면서 연행하지 말아달라고 부탁을 했다는구나. 이 소식을 나중에 전해 들은 정주영 회장은 강한 책임감과 현지 노동자들에 대한 지혜로운 일 처리 등을 칭찬하며 37세의 젊은 그를 사장으로 승진시켰어.

그는 그 이후 서울시장에 당선됐고 나중엔 대통령까지 되었단다.

다른 무엇보다도 자기가 한 약속을 매우 중요하게 생각하고 맡은 일을 최선을 다해 해내려는 마음가짐, 그 책임감이 있다면 누구나 존경받는 사람이 될 수 있단다. 오늘 하기로 되어 있는 게 있으면 밤을 새우더라도 반드시 해내는 성실함이 있어야 해. 대충 생각 없이 약속부터 하는 게 아니라 이걸 내가 할 수 있을까 심사숙고한 뒤 약속을 하는 게 우선이겠지. 말은 조심스럽고 신중하게 하고 행동은 일관성 있고 담대하게….

그런 멋진 승윤이랑 정윤이가 되길 바란다.

사랑하는 승윤아, 정윤아.

너희들이 자몽이를 너무 보고 싶어 하기에 벼르고 별러 어제 큰 이모 댁에 다녀왔네.

큰 이모네는 집안 곳곳이 얼마나 예쁜지 정원에만 나가도 작은 인형들, 소품들이 많아서 구경하느라 시간가는 줄 모르지. 파란 풀밭에서 뛰어노는 자몽이도 귀엽지만 식사시간만 되면 어디에서 날아왔는지 참새 떼들이 정원 나무마다 모여드는 걸 보는 것도 참 재미있었어. 큰 이모부가 장난으로 식사 때 몇 번 쌀알을 뿌려 줬더니 한두 마리씩 늘어난 게 요즘처럼 불어났다는구나. 상상해 보렴. 그 작은 참새들이 자기 친구들이나 가족들에게 좋은 먹이가 많은 곳을 안다고, 날 따라오라며 짹짹거리는 장면을. 참 재밌고 귀엽지 않니?

우리가 간다고 작은 이모랑 외삼촌네도 다함께 모였는데 저녁 먹고 후식을 먹을 때던가, 평소와는 달리 정치 얘기가 나왔어. 정치 얘기는 부부나 형제끼리도 하지 않는 거라며 절대 화제에 올리지 않는 게 우리 집안의 철칙이었는데 무슨 얘기를 하다가 그랬는지 어쨌든 나와 버렸단다.

너희들은 아직 관심이 없어서 들어도 무슨 소리인지 잘 모르겠지만 사람들은 자기가 좋아하는 정치인한테는 한없이 관대해지나 봐. 반대로 그 반대편에 서 있다고 생각하는 정치인은 엄청 싫어하고 말이야. 물론 다들 조심스럽게 대화하는 분위기라서 남들처럼 싸우듯이 말하지는 않았지만 엄마는 한 번도 대화에 낄 수가 없더라. 솔직히 관심도 덜하기 때문이었겠지.

그런데 엄마가 말하고자 하는 부분은 이 대목이야.

상현이 누나가 특정 정치인을 지목하면서 "난 그 사람 정말 싫어" 하고 말하자 외삼촌이 웃으며 한마디 하셨어.

"그 사람이 왜 싫은지 한 번 차근차근 설명해 볼래? 그 사람의 정책이나 발언 중 어느 부분이, 그리고 그 사람이 살아온 삶 중 어느 부분이 맘에 안 드는 건지."

그러자 강하게 발언했던 누나가 잠깐 머뭇거리더니 아무 말도 하지 않더라고.

그때 갑자기 탈무드에서 읽은 한 부분이 생각났어.

"남을 비방하는 것은 살인보다도 위험한 일이다. 살인은 한 사람밖에 죽이지 않지만 비방은 세 사람을 죽인다. 비방하는 사람 자신, 그것을 듣고 있는 사람, 그리고 비방당하는 사람이다."

물론 누나가 정치인에 대해 한 말은 비방과는 좀 다른 거야. 엄마가 말하고자 하는 '비방'이란 살아가면서 너희들이 관계를 맺게 되는 지인들이나 뉴스에 오르내리는 유명인사가 대상이 되곤 해.

어쨌든 잘 모르면서 확인되거나 검증되지 않은 일을 마치 사실인 양 남에게 전달하는 행동은 정말 해서는 안 되는 거란다. 사람은 신이 아니기 때문에 자기 자신은 물론이거니와 남의 형편까지 모두 알 수는 없기 때문이지.

어떤 시각장애인이 밤에 외출하면서 등불을 마련하여 들고 갔대. 자기는 비록 볼 수 없어도 다른 사람들이 자기와 부딪치지 않도록 하기 위해서였지.

그런데 한참 걸어가다가 어떤 사람과 정면으로 충돌해 넘어지고 말았어.

"여보시오, 눈 좀 똑바로 뜨고 다니시오."

그러자 상대방 사람도 화가 난 목소리로 소리쳤지.

"칠흑 같이 어두운 밤에 두 눈을 크게 뜨고 다녀도 시원찮을 판에 왜 당신은 눈을 감고 다니시오?"

"난 소경이오. 이 등불이 보이지 않으시오?"

시각장애인은 화가 치솟아 대꾸했단다.

"참 나. 당신이 들고 있는 등불은 이미 꺼져 있었소."

그 소경은 자기 등불이 꺼진 걸 모르고 상대방만 탓했고, 상대방 또한 그 사람이 소경인 줄도 모르고 눈은 왜 감고 다니냐며 소리쳤던 거지.


자기도 부족하면서 자기 판단과 자기 가치관, 자기 주장만을 가지고 남을 욕하거나 비판하면 안 된단다. 혹시라도 내가 들고 있는 등불이 꺼져 있을 수도 있으니 먼저 확인해 보고 다시 불을 붙이는 게 우선인 거야.

남의 잘못이 눈에 띄거든 여러 번 생각해 보고 말을 하고,

남의 좋은 점이 보이거든 한 번의 생각만으로 얼마든지 칭찬하려무나.

승윤아, 정윤아.

아름답고 예쁜 말로 너희들의 마음도 예쁘게 가꿔 나가자. 알았지?

# 열여섯 번째 엄마의 편지

사랑하는 승윤아, 정윤아.

오늘 서산의 외할머니께서 전화하셨더구나.

요즘 건강은 어떤지, 밥은 잘 먹고 있는지, 어디 아픈 곳은 없는지 이것저것 물어보시는데 차마 사실대로 말씀드리지 못하고 잘 지내고 있다는 거짓말을 했어.

밤에 통증 때문에 잠도 못자고 식욕이 없어서 밥도 못 먹고 걷기가 힘들어서 좋아하던 산책도 못하고 있다고 어떻게 말씀을 드리겠니.

그러면서 사람이 살아가면서 얼마나 많은 거짓말을 하게 될까 생각하게 되더구나.

정윤이가 초등학교 2학년 땐가, 엄마가 아프면서 잠시 인천 작은 이모네 곁으로 이사 갔을 때의 일이지. 어느 날 정윤이 친구엄마라고 하면서 전화가 왔어.

아이가 비싼 장난감 총을 갖고 있기에 어디서 났냐고 물었더니 새로 전학 온 친구가 문방구에서 사 줬다고 하더란다. 그냥 봐도 일이만 원은 하

는 것 같아서 아무래도 친구 엄마한테 말은 해야겠는데 혹시라도 기분나
빠할까 봐 망설이다가 전화했다고 했어. 그때 엄마는 말씀해주셔서 고맙다
고 인사를 하고 전화를 끊었는데 그다지 심각하게 걱정은 안 했던 것 같
아. 다만 어디서 돈이 생겼을까 하는 그 정도의 궁금증?

학교에서 돌아온 정윤이에게 그 친구랑 장난감 총에 대해 물었더니 아무
렇지도 않게 그러더라. 학교 가는 길에 나무 밑에서 만 원짜리 한 장을 주
웠고 평소에 친절하게 대해 준 고마운 친구에게 뭔가 선물하고 싶어서 장
난감 총을 사준 거라고….

길에서 돈을 주웠다는 부분이 찜찜해서 몇 번을 되풀이해서 물었더니
나중엔 나무 위도 되었다가 인도 위도 되었다가 수차례 얘기가 바뀌었지.

결국 여러 차례 얘기가 오가다가 엄마가 널 꾸짖으려고 하는 게 아니라 말
그대로 솔직한 대답을 듣고 싶어서 그러는 거다, 엄마의 직감으로는 있는 그
대로가 아닌 것 같아서 그러니 진실만 얘기해 보거라 하고 설득을 했지.

그랬더니 만 원짜리는 주운 게 아니라 어른들이 주신 용돈을 모아 놓은
상자에서 꺼냈던 거고, 전학 왔을 때부터 이것저것 챙겨주던 친구에게 뭔
가 선물을 하고 싶어서 사 준 거였어.

그 당시엔 승윤이도 정윤이도 용돈상자가 따로 있었잖아. 어른들이 주
신 돈이나 엄마가 일주일마다 주는 용돈을 각자 상자에 담아서 보관하다
가 쓰고 싶을 때 쓰기로 했는데 정윤이는 자기 돈을 쓰면서도 너무 많이
쓴다 싶어서 순간적으로 거짓말을 했던 거지.

엄마는 다 이해해. 항상 엄마한테 웃음만 주고 기쁨만 주고 싶어 하던
착한 아이니까 혹시라도 엄마가 걱정할까 봐 그랬다는 걸 말이야.


그런데 승윤아, 정윤아.

엄마가 꼭 당부하고 싶은 게 있어.

살면서 거짓말은 절대로 해서는 안 된다는 거.

정윤이는 경험해 봐서 알거야. 작은 거짓말을 하고 나면 그걸 덮기 위해 또 거짓말을 하게 되고 나중에 누가 물어보면 그 당시 뭐라고 했는지 기억이 안 나서 또 거짓말을 하게 되고…. 진실은 아무리 오랜 세월이 흘러도 생생하게 기억되지만 거짓말은 시간이 조금만 지나도 잊기 마련이거든. 사람들과 섞여 살면서 이런 식으로 몇 번 거짓말을 하게 되면 나중엔 신용 없는 사람, 믿을 수 없는 사람으로 낙인찍혀서 사회생활이 힘들어진단다. 물론 좋은 뜻으로 하는 거짓말은 어느 정도 필요하긴 해.

예를 들어 많이 아픈 환자한테 "얼굴이 전보다 좋아졌네, 열심히 운동하고 치료를 잘 받으면 차차 회복될 거야"라고 말한다든가 정말 못생긴 사람이 면접시험을 앞두고 떨고 있을 때 "넌 눈빛이 초롱초롱하고 웃을 때 인상이 참 좋아, 그러니까 자신감을 가져"라고 말하는 거.

곤란한 상황을 피하거나 네 이익을 취하기 위해서 하는 거짓말이 아니라 100% 상대방을 위해서 하는 거짓말이라면 그건 다른 경우라는 얘기지.

옛날에 읽어서 확실히 기억이 나지는 않는데 톨스토이가 이런 말을 했어.

거짓말은 모두 나쁜 거지만 남에게 하는 거짓말보다 스스로에게 하는 거짓말이 훨씬 나쁘다고. 남에게 하는 거짓말은 들켜서 지적을 받으면 고칠 수 있지만 스스로에게 하는 거짓말은 들키지 않으니 계속 커 간다고.

사실 이건 조금 다른 이야기야. 거짓말이라기보다는 자기합리화나 자기변명 등이 더 가까운 표현일지도 모르겠다. 아직 너희들에게는 어려운 개념이다만. 지금은 이해하기 어렵겠지만 나중에 컸을 때 이 글을 다시 읽게 된다면 조용히 음미해 보거라. 남에게 하는 거짓말과 나 스스로에게 하는 거짓말에 대해서 말이다.

사랑하는 승윤아, 정윤아.

엄마는 방금 정말 좋은 영화 한 편을 보았단다.

이젠 걷는 것조차 힘들어서 너희들 바둑대회에 함께 가지도 못하고 아침부터 계속 혼자 있으려니 심심하더라. 그래서 인터넷으로 영화를 한 편 사서 보았어. 제목은 '주토피아'.

사람들 평대로 정말 감동적이고 좋은 영화였어. 혼자서 피식 웃다가 가슴 아파하면서 많은 생각을 하게 되는… 언젠가 너희들과 다시 봐야겠다는 생각을 했단다.

지난달이었나, 마트에서 쇼핑하는 도중에 승윤이랑 정윤이가 누군가를 뚫어지게 바라본 적이 있었지. 시선을 따라가 보니 수염을 잔뜩 기르고 독특한 민족의상을 입은 이슬람 남자들이 여러 명 모여서 대화하고 있었어. 그렇게 빤히 사람을 처다보는 건 예의가 아니라고 말했더니 너희 중 하나가 이렇게 대답했지.

9·11테러뿐만 아니라 세계 각국에서 일으키는 테러의 대부분이 이슬람

사람 짓이라고.

우리나라에는 저런 무서운 사람들은 오지 못하게 했으면 좋겠다고.

그때 아빠가 모든 이슬람인들이 폭력적인 건 아니니까 몇 사람의 잘못으로 전체 이슬람인들을 판단하면 안 되는 거라고 설명해 주셨지. 한국 사람 중에도 착한 사람, 나쁜 사람이 있고 키 큰 사람, 키 작은 사람이 있듯이 폭력성향 역시 사람 개개인마다 다른 거라고 말이야. 만약 너희들의 반 친구가 뭔가 잘못을 저질렀는데 단지 같은 반이라는 이유로 반 전체 학생들에게 벌점을 준다면 너희들도 억울하지 않겠니?

그런데 바로 그날, 이 영화를 다 같이 봤더라면 100점짜리 설명이 되었을 거란 생각이 들더구나. 너희들에게 과연 이 영화가 말하고자 하는 주제가 제대로 전달이 될까 확신이 들지는 않지만, 웃고 떠들며 재미있게 보는 것만으로도 어느 정도 감은 느끼게 될 것 같았어. 주인공은 '닉'이라는 여우랑 '주디'라는 토끼야.

육식동물과 초식동물이 함께 어울려 사는 가상의 도시 주토피아에서 벌어지는 사건과 해결 과정을 보여주는데 그건 아마도 여러 인종, 여러 민족들이 어울려 사는 인간사회를 표현한 게 아닌가 싶어.

닉이랑 주디도 처음엔 서로 싫어하는 관계로 시작하지. 닉은 주디를 겨우 토끼 주제에 경찰이 되고 싶어 하느냐며 비꼬고, 주디 역시 사기꾼 같은 닉을 달가워하지 않으며 경계하거든.

하지만 여러 가지 사건들을 함께 겪으며 둘은 서로를 이해하고 응원하는 좋은 친구가 된단다. "누구나 뭐든 될 수 있어"라는 명대사를 남기면서 말이지.

사람은 신이 아니기 때문에 어떤 대상이든 알기 위해서는 시간과 노력이 필요한 법이란다. 그게 사람이든 물건이든 학문이든 말이야.

그런데 많은 사람들은 잘 알지도 못하면서 특정대상에 대해 자신이 만들어 놓은 어떤 정의로 판단하고 결론을 내려 버리지.

엄마는 그걸 '편견'이라고 말하고 싶어. 국어사전에 보면 편견이란 말의 정의로 '공정하지 못하고 한쪽으로 치우친 생각'이라고 쓰어 있거든.

한쪽으로 치우치면 저울추가 기울 듯이 생각도 기울게 돼. 그럼 그 저울은 더 이상 아무 것도 측정할 수가 없게 되는 거야. 고장 난 저울이니까.

승윤아. 정윤아.

세상이 뭐라 하든 다른 사람들이 어떻게 행동하든 너희들의 생각의 저울은 항상 수평을 이루도록 노력해야 해. 피부색이 다르다고 성별이 다르고 또는 교육량이 다르다고 돈이 있거나 없다고 사람들을 처음부터 다르게 평가하는 건 정말 잘못된 행동이란다.

"누구나 뭐든 될 수 있어"라는 영화 대사를 듣고 어떤 이들은 '될 수 있다'는 부분을 강조하며 노력의 필요성을 말할지도 몰라. 그런데 엄마는 '누구나'를 강조하고 싶단다.

태어난 순간부터 누구에게나 모든 가능성과 기회가 동일하게 주어진다고 믿거든.

물론 자잘한 환경 따위가 조금씩 달라서 노력의 크기나 기간 등이 달라질 수는 있겠지만 하나님은 공평하신 분이니 각자 받은 달란트대로 성실하게 살아간다면 분명히 감사할 제목이 생길 것을 믿어.

'차별'과 '차이'가 다르다는 걸 이제 알게 될 거야.

'다름'과 '틀림'이 있다는 걸 이해하게 될 거구.

승윤아, 정윤아.

세상에서 꼭 필요한 사람이 되어서 사람들에게 많은 걸 베풀며 살아가길 바란다. 엄마가 언제까지나 너희들 곁에서 지켜 볼 수는 없겠지만 보이는 곳에서든 보이지 않는 곳에서든 항상 너희들을 위해 기도하며 응원할 거야.

바둑대회 끝나고 고모네 가게에 들러서 간식을 먹고 있다는 아빠의 문자를 방금 받았다. 대회결과는 일부러 묻지도 않았어. 엄마는 그런 거 하나도 중요하게 생각하지 않는 거 알지? 그냥 승윤이니까 정윤이니까 그것만으로 충분하단다.

사랑해. 우리 이쁜 아들들.

## 열여덟 번째 엄마의 편지

사랑하는 승윤아, 정윤아.

오늘은 오랜만에 우리 가족사진을 들여다보며 잠시 추억에 잠겼단다.

마침 아빠가 컴퓨터 작업을 하다가 우리 가족들의 사진이 담긴 파일을 열어서 이것저것 구경했는데 승윤이, 정윤이랑 참 많이도 놀러 다녔더구나. 언젠가 외할머니가 이모들한테 우리 가족 걱정을 한 보따리 풀어 놓으셨다더니 사진을 보니 피식 웃음이 나면서 이해가 가는 거 있지. 도대체 주말마다 집에 붙어있는 법이 없이 어린 애들 데리고 놀러만 다니거나 여행만 다닌다고, 돈은 언제 모을 건지 걱정이라고 그러셨다지?

미국으로 온 가족이 여행 갔을 때, 제주도, 설악산, 안면도, 변산반도 등에 틈틈이 놀러 가서 찍은 사진들을 보니 너희들의 성장사가 한눈에 다 보이는구나.

특히 미국 라구나 비치에서 울먹이는 정윤이를 달래는 사진을 보니 그당시 있었던 일이 떠오르더라. 뭔가로 투닥거리다가 승윤이가 정윤이한테 그랬다지. 앞으론 우리 여행갈 때 너는 데리고 오지 않을 거라고. 지금 같으면 형이 그럴 만한 힘이 없다는 걸 알고는 천연덕스럽게 넘어갔을 텐데 정윤이는 울며불며 엄마한테 매달렸었지. 앞으로 어딜 가든지 자기를 꼭 데리고 다녀 달라고.

그땐 그 모습이 얼마나 우습고 사랑스러웠는지 그렇게 하겠다고 약속을 했는데 지금 생각해 보니 엄마가 아프면서부터 여행다운 여행도 제대로 하지 못하고 있네.

올 여름에도 엄마랑 아빠는 집에 있고 너희들은 외삼촌네 가족과 여름 휴가를 다녀왔지. 혹시나 하고 걱정을 했지만 외숙모로부터 재미있고 씩씩하게 잘 놀았고, 서로가 애틋하게 챙겨주더란 말을 듣고는 마음 한편이 짠하면서도 든든한 느낌이 들었어.


어릴 때는 엄마, 아빠랑 여행을 다니더라도 어느 정도 자란 후에는 너희들끼리, 또는 친구들이랑 여행가는 걸 적극 추천하고 싶었는데 엄마가 아픈 사이에 잠시 잊고 있었구나. 그래서 이번 편지엔 여행에 대해서 말하려고 해.

나중에 너희들이 어느 정도 크거든(엄마는 그 시기를 고등학교 졸업 후라고 생각해) 국내도 좋고 국외도 좋으니 틈나는 대로 여기저기 여행을 다녀보는 걸 추천하고 싶어.

책으로 간접 경험하는 것도 좋지만 여행을 가서 배우는 건 글 몇 줄로 배우는 것과는 엄청난 차이가 있거든. 여행은 쉬러 가는 거 아니냐고 물을 수도 있겠지만 절대 아니야.

여행은 무언가 배우고 채워서 조금씩 성장하여 돌아오는 거란다. 웃긴 표현으로 '여행은 가슴 떨릴 때 가는 거지 다리 떨릴 때 가는 게 아니다'라는 말이 있는데, 그만큼 젊을 때 여기저기 걸어 다니며 많은 걸 보고 경험하라는 이야기야.

책에서 이런 말도 읽은 적이 있단다. 이 세상은 한 권의 커다란 책이라고. 한 곳에서만 평생 살아간다면 그 사람은 죽을 때까지 그 페이지만큼의 세상만 알고 가는 거라고 말이야. 틈틈이 여러 도시, 여러 나라들을 여행하면서 경험한다면 차곡차곡 알아가는 페이지가 쌓이게 되고 결국은 세상이란 커다란 책을 내 것으로 만들 수 있게 된다는 것이지.

엄마가 아둘람에 있을 때 한 아줌마로부터 들은 이야기를 해 줄게.

그 아줌마는 공부 못하는 자기 딸 때문에 늘 자격지심이 있었대. 친구 자식들은 공부도 잘하고 다들 대학도 잘 가는데 자기 딸은 재수, 삼수해도 갈 수 있는 곳이 없어서 지방전문대에 입학을 시켰다고 하더구나. 그런데 그 딸이 틈틈이 아르바이트를 해서 훌쩍 여행을 다녀오곤 하더니 3학년이 되자마자 프랑스로 유학을 가겠다고 하더라는 거야. 불어를 배운 적도 없고 영어를 할 수 있는 것도 아니고 공부라고는 잘해 본 적이 없던 아이가 무조건 가는 비행기 표만 사 달라고 하더래. 나머지는 자기가 알아서 하겠다고 말이지.

처음엔 웃어넘겼지만 하도 조르기에 정말 프랑스에 가는 비행기 표만 달랑 사서 보냈대. 금방 포기하고 돌아오겠지 생각하면서 말이지.

그런데 그 딸아이가 진짜로 대학에 입학하더니 졸업까지 하고 거기서 취업도 성공했다는 거야. 나중에 한국에 휴가 차 왔을 때 물어보니 처음에 프랑스에 도착하자마자 한국 유학생 사회에서 어울리면서 아르바이트 자리도 구하고 함께 방을 쓸 선배도 구한 뒤에 언어부터 열심히 공략했대. 그러고는 대학에 들어갔고. 자신이 선택한 거니까 더 열심히 공부를 하면서 진로를 모색했다더라.

이 모든 게 여행을 다니면서 다른 젊은이들이 사는 방식을 배우고 자신감을 얻게 된 결과라고 나중에서야 엄마한테 고백하더래. 그래서 지금은 자기 딸이 그렇게 자랑스러울 수가 없다는 거야. 좋은 대학 나와도 직장을 못 구해서 쩔쩔 매는 사람들이 이렇게 많은데 딸아이는 스스로 인생을 개척해서 성공한 거 아니냐고.

엄마는 그 이야기를 듣고는 여행이란 게 이렇게 극적인 효과도 나타낼 수 있는 거구나 생각했어. 우리 승윤이랑 정윤이도 그 누나처럼 자유롭게 다니면서 외국의 친구들도 사귀고 배울 점은 배워서 그릇이 큰 사람으로 성장했으면 하고 바란다.

# 열아홉 번째 엄마의 편지

사랑하는 승윤아, 정윤아.

오늘은 사슴한테서 전화가 와서 한참을 통화하며 웃고 떠들었다.

생각나지? 터전에 다닐 때 엄마랑 친했던 눈 크고 예쁜 아줌마(은범, 현범이 엄마).

거기서는 누구 엄마, 누구 아빠, 아줌마, 아저씨 같은 호칭 대신 별명을 만들어서 불렀지. 나무, 호수, 호두, 토마토, 단풍잎, 시냇물 등···. 엄마는 코코아, 아빠는 하늘소였지.

터전이란 곳이 아이들한테도 유기농 먹거리를 주고 자연친화적인 야외활동을 위주로 하는 데다가 부모들과의 활동이 많아서 자연스레 어른들끼리도 친해졌었지.

그중에서도 사슴이랑 엄마는 이것저것 통하는 게 많아서 너희들이 터전에 있는 동안 우리끼리 몰래 과자나 케이크 등을 가져 와서 먹곤 했어. 아이들한테도 가능하면 과자를 먹이지 말라는 곳에서 우리는 몰래 숨어서 쿠키 등을 먹었지. 깔깔대고 수다를 떨며 말이야. 사슴이랑 통화하면 잠시나마 아픈 걸 잊어버리고 즐거웠던 그때로 돌아가는 것 같아서 기분이 좋

아. 그때 있었던 재미있는 기억이 하나 있단다.

너희들이 밭에서 놀고 있을 때 사슴이랑 둘이서 '꿀짱구'라는 과자를 먹고 있었어. 전날 편의점에서 예전에 먹던 과자가 보이기에 무심코 사서 가방에 넣어 두었던 건데, 동글동글한 모양으로 겉에 까만 통깨가 듬성듬성 뿌려져 있는 과자야. 그런데 갑자기 어디서 나타났는지 승윤이가 짠 다가온 거야. 엄마는 나쁜 짓 하다가 들킨 아이처럼 당황하면서 이런 말을 했단다.

"이 과자 위에 있는 까만 점들이 뭘까? 정말 신기하게 생겼네."

그러자 승윤이가 뚫어지게 과자를 관찰하더니 대답을 했지.

"아, 이거 씨예요. 딸기처럼 겉에 씨가 나와 있는 거예요."

기발한 대답에 얼마나 웃었는지 그때의 반짝이던 햇빛이며 살랑거리던 바람 느낌까지 지금도 생생하단다.


엄마의 다른 친구들은 그러더구나. 아이들이 유치원에 가 있는 동안만이라도 네 시간을 갖는 게 좋지 않냐고, 굳이 유치원까지 따라다니며 아까운 시간을 허비하냐고 말이야. 한국에선 결혼한 여자들이 아이를 키우면서 포기해야 하는 시간이 너무 많고 길다고 푸념도 하면서 말이지.

그런데 제목이 생각나지 않는 어느 책에서 읽은 대목이 항상 엄마를 자신 있게 만들어 줬어.

한 아빠가 결혼한 딸과 대화를 하는데 그 딸 역시 엄마 친구들과 똑같은 불평을 하고 있었어.

"아버지, 전 아기 하나 키우면서 완전히 제 시간이 없어져버렸어요. 너무나 시간이 아깝고 남들에게 뒤처지는 것 같아서 불안해요."

그때 아버지의 대답은 이랬어.

"얘야, 시간 관리 같은 건 잊어버려라. 달력도 없애 버리고. 그리고 지금 네가 네 인생에서 가장 중요한 아이를 돌볼 수 있는 것에 감사하고 그걸 즐기도록 하여라. 명심해라. 인생에서 중요한 것은 시간이 아니라 방향이란다. 시계를 따라가지 말고 분명한 목표인 나침반을 따라가거라."

시간에 쫓겨서 분주하게 살아가는 사람들은 점점 시간의 노예가 되고 일에 밀려 살아가게 되지만, 나침반으로 사는 사람들은 항상 변치 않는 방향을 바라보며 걷기 때문에 조금 늦더라도 목적지에 다다를 수가 있는 것이란다.

그럼 엄마의 인생 방향이 무엇인지 궁금하겠지?

눈치 챘겠지만 항상 감사하며 하나님 자녀로서의 권리를 누리며 살아가는 게 엄마의 첫 번째 목표야. 하나님이 축복해 주신 가정이고 너희들은 하나님의 큰 선물이니 너희들이 커 가는 모든 순간이 엄마에겐 무엇과도 바꿀 수 없는 소중한 시간들이지. 그러니 잠시 일을 못하는 거나 자기계발을 할 시간이 부족하다는 불평을 차마 할 수가 없었어. 다른 건 언제든 할 수 있지만 아이들이 부모를 필요로 하는 시간은 다시 돌아오지 않는다는 걸 엄마는 알고 있거든. 그래서 엄마한테는 그런 모든 시간이 행복하고 감사했어.

어쩌면 승윤이나 정윤이가 이런 의문을 품을지도 모르겠다. 엄마는 그렇게 아프면서도 어떻게 변함없이 하나님을 사랑할수 있느냐고 말이지. 인간의 관점과 하나님의 관점이 다르다는 거 이제 차차 크면 이해가 될 거야.

그 모든 질문에 엄마가 일일이 대답해 줄 수는 없겠지만 정말 뭔가가 궁금하고 어찌할 바를 모를 때, 그때는 엄마가 너희들의 나침반이 되어 줄게. 바다 위에서든 깊은 산 속에서든 확실하게 방향을 잡아 줄 수 있는 그런 나침반 말이야.

너희들은 아직 어려서 방향이 왜 중요한지를 이해하기 어려울 거야.

두 달리기 선수가 결승점을 향해 달린다고 가정해 봐. 한 사람은 엄청 빠른 속도로 달리고 나머지 한 사람은 그보다 못한 속도로 달릴 때 누가 이길까? 당연히 빠르게 달린 선수가 이기겠지만 만약 그 선수가 도중에 방향을 다른 쪽으로 틀어버린다면? 천천히 달렸어도 결승점 방향으로 꾸준히 달린 선수가 이기게 되는 거야. 이해가 가지?

중요한 건 속도가 아니라 방향이란다.

엄마는 사실 등수도 별로 중요하지 않다고 생각해. 자신의 목표대로 가기만 하면 되는 거거든. 너희들은 굳이 남과 비교하지 않아도 충분히 소중한 존재이니까 말이야.

그저 할 수 있는 한 최선을 다한다는 것, 그게 바로 정답이지.

사랑하는 승윤아, 정윤아.

날씨가 좋아서 잠깐 산책이나 하려고 했는데 며칠째 뿌리공원 가자고 노래를 부르는 승윤이 덕분에 온 가족이 소풍을 다녀왔구나. 별것도 아닌 오리배를 타면서도 해맑게 웃고 있는 너희들을 보니 몸이 좀 불편해도 나오길 잘했다는 생각이 들었어.

페달을 밟을 때 발목이 드러나는 바지를 보며 우리 아들들이 쑥쑥 잘 자라고 있구나 흐뭇했는데 한편으로는 옷마저 때맞춰 마련해 주지 못한 것 같아 미안함에 마음이 아팠단다.

아빠는 엄마 대신 살림하랴, 너희들 챙기랴, 엄마 간호하랴 너무나 바쁘셔서 미처 그런 것까지는 생각하지 못하시거든. 그래서 엄마는 속으로 다짐했어.

먹어야 할 약이랑 건강식품이 너무 많아서 가끔은 건너 뛰고 싶을 때도 있지만 앞으론 더 열심히 챙겨 먹고 운동도 힘내서 하겠다고.  빨리 건강을 되찾아서 우리 온 가족이 이렇게 소풍도 자주 나오고 계절 바뀔 때는 작아진 옷 대신 몸에 맞는 걸로 미리 준비해 놓겠다고 새롭게 각오를 했단다.

앞으로의 엄마를 지켜 봐 주렴.

너희들이 배를 타고 호수 가운데로 들어가는데 갑자기 저 배가 가라앉으면 어쩌나 잠시 두려움이 생겼었어. 그때 언젠가 읽은 한 이야기가 떠오르더라.

한 남자가 소형보트를 갖고 있었어.

그는 날씨가 따뜻해지면 온 가족을 태우고 호수로 나가서 낚시도 하고 노 젓기도 하다가 여름이 끝날 때쯤엔 배를 손질하여 창고에 보관해 두곤 했단다. 어느 날 배를 손질하다가 바닥에 뚫린 아주 작은 구멍을 발견하게 되었지. 당장 구멍을 메꾸려다가 어차피 내년에 쓸 건데 어떠랴 싶어 그냥 보관하기로 했어.

봄에 꺼내서 손볼 때 수리를 하자 생각했거든. 대신 근처에 사는 페인트공한테 색칠을 부탁했대. 마르는 데는 시간이 걸리니까 밖에서 완전히 건조하여 창고에 넣으려고 말이야. 그리고 해가 바뀌어 다시 봄이 되었어.

그 남자한테는 십대의 두 아들이 있었는데 오늘의 너희들처럼 빨리 배를 타고 나가고 싶어 안달이 났었나 봐. 그래서 아빠가 집에 와 보니 이미 배를 타고 호수로 나갔다는 거야.

처음엔 그런가보다 했는데 갑자기 작년에 수리하지 않고 내버려둔 작은 구멍이 생각났어. 게다가 두 아들은 아직 수영을 배우기 전이었지. 절망감에 휩싸여서 미친 듯이 호숫가로 달려갔는데 어떤 광경이 벌어졌을까?

신나게 놀다온 아이들이 보트를 막 호숫가에 대고 있었단다.

그 남자는 안도의 한숨을 쉬며 보트 바닥을 살펴봤는데 누군가 그 구멍을 아주 꼼꼼하게 수리해놓은 걸 발견했지. 그 남자는 그 길로 페인트공한테 달려가 감사하다고 인사를 했단다. 당신이 아니었으면 내 아들들은 이미 죽었을 거라며 말이야.

페인트공은 부탁 받은 대로 보트에 페인트칠만 했어도 됐는데 왜 구멍까지 메꿔 주었을까? 일하는 걸 좋아해서? 오지랖이 넓어서?

아마 그 사람은 일할 때뿐 아니라 모든 일상생활에서도 할 수 있는 한 최선을 다하는 사람일 것 같아. 남들은 해 봤자 표시나지 않는다고 지나쳐 버릴 수 있는 상황에서도 일의 필요성을 느꼈을 때는 세심하게 마무리까지 하는 그런 사람.

그런 사람은 시간이 지날수록 빛이 나기 마련이지.

마치 환하게 전등불을 켜 놓고 그 위에 보자기를 덮어 놓아도 천의 올 사이사이로 빛이 새어 나오는 것처럼 말이야.

엄마가 전에 영어학원에서 강사로 일했을 때 그런 분이 계셨어. 두 아이의 엄마였는데 얼마나 에너지가 넘쳤는지 근처에 가기만 해도 밝고 긍정적인 기운이 전해졌거든. 그분은 누가 급한 일이 생겨서 대신 강의를 부탁하면 강의는 물론 그날 진도는 어디까지 나갔는지, 수업 시간에 어떤 질문을 받았는지까지 간략하게 메모해서 책상에 붙여 놓으셨단다. 수업시안을 의논할 때 다른 사람이 실수한걸 보면 슬그머니 가져다가 수정해서 다시 복사해 놓으시거나 결석했던 아이가 학원에 나오면 듣지 못한 부분을 정리해서 챙겨주시곤 했지.

책임감도 투철하고 정도 많아서 모든 사람들이 좋아했단다. 엄마는 그때 그분을 보면서 미래의 나도 저런 사람이 되어야겠다고 다짐하곤 했어.

우리 승윤이랑 정윤이도 그분처럼, 그리고 아까 이야기에 나온 페인트공처럼 자신의 일을 사랑하며 언제든 최선을 다하는 사람으로 성장하길 엄마는 기도하고 있어.

성경 말씀에도

"착하고 충성된 종아. 네가 적은 일에 충성하였으매 내가 많은 것을 네게 맡기리니 네 주인의 즐거움에 참여할지어다."

라는 부분이 있단다.

누가 보든 안 보든 내가 해야 할 일이라면 최선을 다해 열심히 하는 그런 사람으로 살아가자. 그리고 남을 위해 베푼 선행은 어떤 형태로든 다시 나에게 돌아오게 된다는 거 잊지 말고.

우리 아들들, 파이팅!

# 스물한 번째 엄마의 편지

사랑하는 승윤아, 정윤아.

아까 작은 이모랑 여기저기 즐겁게 돌아다녀서 그런지 오늘 저녁엔 컨디션이 아주 좋네. 아빠도 깜짝 놀랄 만큼 많이 걸었는데도 이상하게 피곤하지가 않아.

아쿠아리움에서 본 악어쇼도 재미있었고 한참 걷다가 먹은 아이스크림도 정말 좋았어. 집에 와서 이모가 사 준 원피스랑 구두를 정리하다가 문득 '가족'이란 게 뭘까 생각하게 되더구나. 서울에서 인천에서 여기 대전까지 하루가 멀다 하고 찾아와 주고 걱정해 주고 너희들이랑 아빠까지 챙겨 주고… 도대체 가족이란 게 뭐기에 이러는 걸까 하고 말이야.

처음에 엄마가 대장암 진단을 받았을 때 엄마는 무섭거나 절망스러운 감정들도 미처 느낄 새가 없었단다. 그냥 멍한 상태에서 이게 현실인가 싶어 머뭇대는 사이에 아빠가 이모들에게 진단명을 얘기했고, 그 즉시 이모들이랑 외삼촌이 발 빠르게 움직여 줬거든. 우선 엄마가 놀라지 않게 암 따위는 아무 것도 아닌 것처럼, 주위에서 쌍꺼풀 수술하는 사람 대하듯이 안심시켜 주었어. 그래서 두려움 없이 수술을 받고 치료를 시작했지. 병원 입원과 퇴원은 물론 그 뒤로 계속되었던 항암, 화학요법 등 수없이 여기저기를 돌아다닐 때 큰 이모는 픽업을 자원해 주었고, 작은 이모는 우리 가족이 이모네 옆으로 이사 오게 해서 엄마는 물론이고 너희들을 보살펴 주었어. 외삼촌은 혹시라도 금전적인 어려움 때문에 포기하는 치료가 있을까 봐 앞장서서 이것저것 계산해 주었고 말이야.

처음엔 이러한 모든 것들이 당연한 것으로 생각했단다. 가족이란 다 그런 거라고 말이지. 그런데 그렇지 않다는 걸 알게 되었어.


아둘람에 갔을 때 엄마보다 나이가 많은 고등학교 여선생님이 한 분 계셨는데 이런저런 얘기를 나누다 보니 개인적으로 친해지게 됐어. 그런데 그분이 이모들 얘기를 듣더니 엄청 부러워하시는 거야. 가족이라고 다 그런 건 아니라고.

자기는 암 진단을 받고 나서 오히려 가족 사이가 훨씬 더 멀어졌대.

혹시 돈을 빌려달라고 할까 봐 그러는지 병간호를 부탁할까 봐 그러는지 몰라도 자꾸 연락도 피하고 서먹해지더래. 병원에 오가는 횟수가 많아지면서는 남편도 처음과는 달리 냉랭해지고… 아무튼 자기는 암보다 가족들로부터 받은 상처가 훨씬 아프다면서 엄마를 무척이나 부러워하더라. 가족들로부터 그렇게 사랑을 받고 있으니 얼마나 행복하냐면서 말이야. 그제야 엄마도 깨달았단다. 엄마의 가족이 특별하다는 것을. 엄마는 진심으로 축복받은 사람이라는 것을.


승윤아, 정윤아.

너희들은 세상에 딱 둘밖에 없는 형제란다.

예전에도 보았을 테지만 요즘 너희들이 보고 있듯이 엄마의 형제자매들처럼 너희 둘도 사이좋게 서로 사랑하며 아껴 주면서 살기를 바란다. 좋은 일은 나누면 배가 되고 슬픈 일은 나누면 반이 된다는 옛말이 있어. 무슨 일이든 너희 둘은 함께 즐거워하고 함께 위로하며 좋은 형제지간으로 살 거라. 약속할 수 있지?

피를 나눈 형제간이나 부모자식, 또는 부부간에도 재산 때문에 서로 싸우고 다치게 했다는 뉴스를 가끔 접할 때마다 인간보다 나은 동물들을 떠올리곤 한다.


언젠가 읽었던 이야기야.

동굴 벽에 온몸을 맞대고 붙어 생활하는 박쥐들은 동료애가 유독 강하다는구나. 흡혈 박쥐의 경우 매일 몸무게의 반 이상 되는 피를 먹어야 하는데, 40시간 이상 피를 공급받지 못하면 죽게 된다지. 박쥐들은 주위에 피를 공급받지 못해 죽어가는 동료가 있으면 자신의 위에서 피를 토해 나눠준대. 흡혈 박쥐뿐만 아니라 거의 모든 박쥐들은 다치거나 임신한 동료, 혹은 새끼를 안고 있어 제대로 먹이활동을 못하는 동료를 위해 먹이를 물어 와 입에 넣어주기를 주저하지 않는다고 해.

지구에서 가장 추운 지방에 사는 남극의 황제펭귄들은 서로 부둥켜안은 채 하나의 털북숭이가 되어 추운 겨울밤을 이겨낸다는구나. 영하 50도에 이르는 남극의 겨울, 황제펭귄들은 휘몰아치는 눈보라와 추위를 견디기 위해 몸과 몸을 밀착시킨대. 가장 바깥쪽에 위치한 펭귄의 등에는 하얀 얼음이 생기지만 동료들과 체온을 나눈 안쪽은 바깥 온도와 10도 가량 차이가 날 정도로 따뜻하다는 거야. 안쪽에 있던 펭귄들의 몸이 녹을 때쯤 바깥쪽 펭귄들과 교대를 하는데, 이걸 '허들링(Huddling)'이라고 불러. 이 허들링을 끊임없이 반복하며 서로 협력해 체온을 유지한다는 거지.

한낱 동물들도 이렇게 지혜롭게 서로 돕고 살아가는데 인간인 우리는 더 잘할 수 있지 않을까? 우리 승윤이랑 정윤이는 언제까지나 함께 '허들링'을 하는 거야.

물론 엄마랑 아빠도 함께지.

우리 가족, 파이팅!

# 스물두 번째 엄마의 편지

사랑하는 승윤아, 정윤아.

　책장 정리를 하다가 『명화와 함께 하는 성서이야기』를 발견하곤 한참 동안 추억에 젖어 있었다. 너희들은 기억하지 못하겠지만 너희들이 아직 아기였을 때 읽어주겠다면서 아빠가 사 오신 첫 번째 책이란다. 첫 책으론 너무 어렵지 않냐고 물었더니 아빠는 이 책을 제일 먼저 읽어 주고 싶었다고 하시며 정말 열심히 읽어 주셨어. 너희들이 커 가면서부터는 엄마가 주로 읽어 주었고.

　한글을 깨우친 후에도 저녁마다 엄마가 책을 읽어 주곤 했었는데 그건 기억나니?
　『플랜더스의 개』랑 『성냥팔이 소녀』.
　엄마가 눈물이 많은 편이라서 슬픈 내용의 책은 소리 내어 읽지를 못했잖아.
　그런데 읽고 싶은 책을 가져오라고 하면 너희들은 능청스럽게 『플랜더스의 개』를 뽑아 오곤 했어.

엄마는 속으로 '요놈들 봐라? 엄마를 또 놀리려고 작정을 했군. 이번에는 절대로 울지 않을 거야.' 속으로 다짐을 하며 천천히 낭독을 시작했고 말이야.

하지만 네로가 죽는 끝부분에 가면 또다시 목이 메고 눈물이 그렁그렁, 울음이 터지기 직전 민망한 마음에 슬쩍 너희들을 내려다보지. 그럼 두 녀석은 이미 책 내용 따위는 안중에도 없고 장난기 가득한 눈으로 엄마를 올려다보고 있었어. 엄마가 이 부분에서 울 때가 됐는데 하는 표정으로 말이지.

엄마가 '이거 말고 우리 다른 책 읽을까?'라고 물으면 서로 경쟁하듯 쪼르르 책장으로 가서 책을 집어왔는데, 그때도 항상 같은 책을 집어왔지. 『성냥팔이 소녀』.

그 책 역시 읽다가 엄마가 울어 버릴 거라는 걸 알고는 짓궂은 장난을 치는 거였지. 옆에서 아빠는 고개를 설레설레 저으며 참 드문 캐릭터라고 함께 놀려대곤 했는데 그때쯤엔 늘 이미 우리 셋이 구호를 외치듯 내리는 결론이 있었잖아.

누가 어린이들이 읽는 책을 이렇게 슬프게 쓰는 거냐고, 어린이들에게는 꿈과 희망을 줘야 하는데 이런 슬픔과 고통을 주면 안 되지 않냐고.

자꾸 눈물을 보이는 게 창피해서 엄마가 과장된 어투로 몇 번 말했더니 나중엔 너희들도 그 말을 따라하면서 마치 구호 제창하는 것처럼 되어 버렸지.

생각해 보니 그 두 권의 책은 지금까지 한 번도 제대로 읽어 준 적이 없구나. 나중에 너희들이 조금 더 크면 그때는 그림책이 아니라 원작 그대로 번역한 책으로 직접 읽어 보거라. 느낌이 정말 다를 거야.

엄마는 승윤이랑 정윤이가 어른이 되기 전까지는 세상의 밝은 쪽, 아름다운 것, 기쁘고 즐거운 것들, 긍정적이고 힘찬 것들만 보여 주고 싶었어. 그렇게 좋은 에너지로 빵빵하게 온몸을 채우고 나면 그땐 조금 슬프거나 힘든 상황이 와도 충분히 이겨낼 수 있을 거라고 생각했거든.

세상을 살아 보니 힘들고 아픈 경험은 굳이 미리 연습하지 않아도 누구한테나 찾아오기 마련이더라. 그러니까 엄마, 아빠의 품 안에 있을 때, 즉 특별한 책임감이나 의무감에 짓눌리지 않아도 되는 나이에는 가능한 한 하고 싶은 일, 하면 즐겁고 행복한 일들을 열심히 해 보거라. 엄마랑 아빠가 옆에서 응원해 줄게.

단, 간접 경험을 해 보는 것도 적극 찬성이야.

엄마가 말하는 간접 경험이란 게 무엇을 뜻하는 걸까? 정답은 '독서'란다. 책을 읽는 게 얼마나 중요한 건지 사람들이 하도 많이 말해서 너희들도 알고는 있겠지.

엄마가 간접 경험이 무엇인지 간단하게 설명을 해 줄게.

광릉수목원이나 아침고요수목원 등으로 현장학습을 갔다고 가정해 보자. 선생님이 여러 가지 나무들의 이름을 알려주실 때 아무런 예비지식 없이 간 아이들은 그냥 몇 개의 나무만 구경하고 숲속에서 놀다가 집으로 가게 되겠지.

하지만 평소에 곤충에 관심이 많아서 곤충 관련 책들을 많이 읽은 아이라면 숲속에 살고 있을 장수풍뎅이나 사슴벌레 등을 볼 수 있기를 기대할 거야. 선생님이 소개하는 참나무 숲을 지나게 되면 눈여겨 찾아보게 되겠지. 다른 아이들이 그냥 벌레라고 총칭하는 것들을 그 아이는 구분해서 친구들에게 설명할 거고, 어떤 곤충이 부엽토를 먹는지 나무의 수액을 먹는지 말해줄 수도 있을 거야. 그 곤충들의 서식지가 상수리나무인지 졸참나무인지 구분하면서 더 궁금한 게 있으면 선생님께 질문을 할 테고 말이야.

현장학습을 가기 전엔 곤충에 대해 이론적으로만 알았던 아이는 현장학습을 다녀온 뒤로는 곤충들이 서식하는 각종 나무들을 직접 보았기 때문에 나무들에 대한 지식도 많이 알게 되겠지. 사진으론 크기를 가늠할 수 없었던 참나무 잎, 상수리나무 잎들의 모양, 편백나무, 삼나무의 향기로운 향 등도 기억에 남을 거야. 자연스럽게 지식의 폭도 넓어지게 되겠지.

승윤아, 정윤아.

독서는 취미가 아니라 그냥 생활이란다.

적은 양이라도 매일매일 책을 읽어라. 무슨 종류든 상관없이. 신문도 좋고 잡지도 좋아. 겉모습만 어른이 아니라 속까지 꽉 찬 어른이 되는 가장 좋은 방법이야. 언젠가 진짜 어른의 도움이나 조언이 필요할 때 그때 너희들의 힘이 되어 줄 거야.

엄마랑 새끼손가락 걸고 약속하는 거야. 매일 책 읽기.

엄마의 두 보물들, 알았지?

# 스물세 번째 엄마의 편지

사랑하는 승윤아, 정윤아.

요즘 며칠 동안 책장정리를 하면서 책 한 권마다 담겨 있는 기억들이 이렇게나 많았다는 것에 깜짝 놀라는 중이야. 책들마다 얽힌 사연이 있고 생각나는 장면이 있어. 책들 사이에 일기장이나 성경묵상노트, 가계부 등도 가끔 끼어 있는데 오늘은 너희들이 유치원에 다니던 즈음에 쓴 육아일기 노트를 꺼내 읽었어. 덕분에 너희들 둘 다 바둑학원에 가 있는 동안 아빠 랑 함께 한참 동안 추억여행을 했단다. 사람의 기억이라는 게 얼마나 유한 한지 분명히 엄마가 쓴 글씨가 맞는데도 전혀 기억나지 않는 에피소드들이 엄청 많더구나.

하긴 연년생인 사내 녀석 둘이니 오죽했을까.

대부분 어떤 일들이 있었는지 사건 나열식으로 간단하게 기록한 건데, 불과 몇 년 만에 이렇게 새롭게 느껴질 줄 알았더라면 더 많이, 더 자세히 적어둘걸 하는 아쉬움을 느꼈어.

그 기록 중에서 오늘은 정윤이랑 개구리인형 이야기를 들려주려고 해.

정윤이가 감기에 걸려서 엄마랑 소아과에 갔어. 주사를 맞는 방으로 들어갔는데 침대 위에 바람을 넣은 커다란 개구리인형이 앉아 있는 거야. 그 개구리인형 덕분에 울지도 않고 가뿐하게 주사를 맞았는데 문제는 그 다음이었어. 정윤이가 개구리인형을 갖고 가겠다고 떼를 쓰기 시작한 거야.

병원 거라서 가지고 갈 수 없다고 설명을 했지만 입을 쑤욱  내민 채 인형을 안고 이리저리 쓰다듬기를 십여 분. 결국은 간호사 선생님 한 분이 결단을 내리셨지.

오늘은 집으로 갖고 가고 대신 내일 꼭 돌려 달라고 말이야.

그 말이 떨어지기 무섭게 개구리인형을 낚아채서 집에 온 정윤이는 하루 종일 그 인형을 안고 다니더니 목욕할 땐 욕조 안에서도 튜브 삼아 신나게 놀았지. 나중에 돌려주려면 고생해야겠다고 엄마가 걱정할 만큼 말이야.

그런데 다음날, 정윤이는 의외로 의젓하게 인형을 돌려주었단다. 병원 가는 내내 "잘 갖고 놀았어요 하고 선생님들께 인사하는 거야"라는 엄마 말에, "잘 갖고 못 놀았으면?" 하고 심통 난 얼굴로 대답하기를 반복했는데 말이야. 하지만 그렇게 도착한 병원에서는 잘 갖고 놀았다고, 감사하다고 예쁜 얼굴로 인사를 했단다.

너무나 신기해서 엄마가 말했어.

"사실 엄마는 네가 인형을 안 돌려주겠다고 떼를 쓸까 봐 걱정했었거든."

그랬더니 정윤이가 그러더라.

"엄마, 약속은 지켜야 하는 거야."


그래, 약속은 당연히 지켜야 하는 건데 그렇게 간단한 걸 엄마는 괜한 걱정을 했구나.

사람과 사람 사이에는 믿음이 있어야 친구든 연인이든 사업파트너든 모든 관계가 단단해지는 법이야. 그런데 그 믿음이라는 게 하루아침에 생겨나는 게 아니거든.

많은 시간동안 이루어지는 수많은 약속을 통해 상대방을 알게 되고 어떤 식으로든 결론을 내기 마련이란다. 아무런 생각 없이 약속을 했다가 갖은 변명이나 핑계로 번복하는 건 스스로 자신을 깎아내리는 거랑 똑같아. 한두 번 실수를 할 수는 있겠지만 그때를 본보기삼아 다음번에는 그런 일이 없도록 조심해야 할 거야. 선불리 말해서 말만 앞서는 사람으로 보이지 않게 늘 신중하게 말을 하고 잘 모르는 주제의 대화에서는 그냥 상대방의 말을 열심히 들어주는 게 가장 좋은 방법이고.

약속이란 게 남과 하는 것도 중요하지만 나 자신과의 약속도 그에 못지않게 중요하단다. 운동이나 공부 계획, 아니면 일상생활에서의 습관 등 그게 어떤 내용이든지 일단 나와의 약속을 했다면 그것 역시 지키기 위해 노력해야 해.


옛 어른들이 약속을 얼마나 중요하게 생각했는지 짧은 얘기를 하나 해줄게.

중국의 춘추시대에 증자라는 유학자가 있었어. 하루는 마루에서 글을 읽고 있는데 마당에서 어린 아들과 아내의 대화가 들려왔어. 시장에 다녀오려는 아내가 자꾸 따라가겠다며 울며 떼쓰는 아들에게 달래듯 말했지. 엄마가 장에 다녀오면 돼지를 잡아서 맛있는 반찬을 해 주겠다고.

평소 못 먹는 고기반찬이라는 말에 어린 아들은 엄마를 놓아 주었고 증자의 아내는 혼자서 홀가분하게 시장으로 향했어. 그런데 장에서 집에 와보니 남편인 증자가 돼지를 잡고 있는 거야. 도대체 뭘 하는 거냐고 깜짝 놀란 아내가 묻자 증자가 대답했대.

아까 당신이 아이한테 오늘 저녁엔 돼지를 잡아서 맛있는 반찬을 해 주겠다고 약속하지 않았냐고. 가난한 유학자 살림에 돼지는 큰 재산이었고, 어린 아이에게 한 약속이라 소홀히 생각할 수도 있었을 텐데, 지킬 건 지켜야 한다는 신념을 보여 준 일화로 전해지고 있어.

승윤아, 정윤아.

지킬 수 있는 것만 약속을 하고, 일단 약속을 한 뒤에는 반드시 지킬 수 있게 노력해야 해. 이건 살아가면서 꼭 지켜야 할 행동강령 중 하나란다. 어렵지 않겠지?

# 스물네 번째 엄마의 편지

사랑하는 승윤아, 정윤아.

어제 외할머니 댁에 다녀와서 둘 다 피곤했을 텐데 아침에 평소와 다름 없이 일어나는 너희들이 정말 기특하고 대견하다. 아빠랑 너희들이 뒷산으로 산책하러 나간 후 엄마는 많은 생각을 했어.

지팡이를 잡고 걸어가시는 외할머니께서 행여 넘어질세라 얼른 달려가서 부축해 드리고, 소파에 앉아 계신 외할아버지의 어깨를 주물러 드리던 승윤이. 외할머니께서 좋아하시는 메뉴를 기억했다가 음식점에 갔을 때 접시에 담아서 수시로 날라 드렸던 정윤이. 엄마아빠가 따로 시킨 것도 아닌데 어찌나 어른들께 잘하는지 하루 종일 너희들을 보면서 감동을 받았단다.

생각해 보니 그게 다 아빠 덕분이 아닌가 싶다. 아빠는 결혼 직후부터 지금까지 참 한결같이 외할아버지랑 외할머니께 효성스러웠어. 명절이나 무슨 집안행사 때만 가는 게 아니라 수시로 처가댁에 들러서 부모님을 기쁘게 해 드렸고 안부전화도 시간 날 때마다 드리고 말이지.

엄마가 아빠에게 가장 고마웠던 때는 몇 년 전 외할머니께서 투석합병증으로 갑자기 안 좋아지셨을 때였어. 그땐 엄마도 건강할 때였는데 아빠가 이런 말씀을 하셨단다. 장모님 옆에 누군가 항상 있어서 컨디션을 지켜봐야 하는데 장인어른도 사실은 자식들로부터 보살핌을 받아야 하는 연세시라고, 사실 지금까지도 두 분이 따로 시골에서 사신다는 게 이해가 안 간다고 말이야. 지금이라도 자식들이 의논해서 두 분을 모시는 게 도리라면서 형님들이 여건상 어려우시다면 우리가 두 분을 모시고 살자고 하셨어.

시어머니도 안 모시고 사는데 어떻게 친정 부모님을 모시고 사느냐고 엄마가 대답하자 아빠는 그러시더라. 할머니는 지금 건강하시니까 그런 건 미리 걱정하지 말고 나중에 우리가 필요할 때 그때 해결책을 생각하자고.

엄마는 즉시 이모들과 외삼촌에게 말을 했고 당시 여러 가지 의견들을 놓고 회의를 했지만 결국은 두 분 다 서산을 떠나는 걸 원치 않으셔서 가사도우미를 쓰자는 걸로 결론을 내렸어. 그때 이모들과 외삼촌이 아빠에게 얼마나 고마워했는지 몰라.

친 자식들도 미처 생각하지 못했던 부분을 막내사위가 끄집어낸 것도 그렇고, 그건 진심으로 두 분을 걱정하고 염려하는 마음이 있었기 때문에 가능한 거란 걸 모두가 알고 있었기 때문이야.

게다가 또 감사할 일은 그런 이야기가 오고갈 때 할머니께서도 나는 괜찮으니 너희들이 하고 싶은 대로 하라고 말씀하셨다는 거야. 당신은 아직 건강하시고 외증조할머니를 보살펴드려야 하기 때문에 외롭지도 않아서 딱히 자식들과 함께 살 이유가 없다고 말이지.

그 일이 진행됐든 아니든 엄마는 할머니께 너무나 감사했어. 지금까지 살면서 한 번도 듣기 싫은 소리를 하신 적도 없으신 데다, 뭔가 해 드리려고 할 때마다 괜찮다고 극구 사양하시면서도 우리가 할머니를 필요로 할 때는 항상 옆에 계서 주셨거든.

엄마가 암수술을 받았을 때는 모든 일을 뒤로 하고 오셔서 두 달이나 챙

거 주셨지. 집안일이며 너희들 돌보기, 그리고 엄마한테 건강식 만들어 주시는 것까지 모두 해 주셨어. 그 고마운 사랑을 언젠가는 다시 할머니께 갚아드리고 싶다.

엄마가 갑자기 이런 얘기를 왜 꺼내는지 궁금하지?

너희들이 좀 더 크고 난 후에 해 주고 싶은 이야기인데, 요즘 들어 건망증이 심해지는 것 같아 미리 생각났을 때 여기에 써 놓으려고 해.

나중에 너희들이 사랑하는 사람을 만나서 결혼하게 되면, 각자의 부모님 외에 상대방의 부모님도 생기게 된단다. 정말 사랑하는 사람이라면 그 사람을 그때까지 낳고 키워주신 상대방의 부모님도 진심으로 사랑하게 되는 게 자연스러운 과정이지. 혹시 그게 어렵더라도 노력해야 하는 게 인간의 도리란다.

그런데 요즘 젊은 사람들은 그렇지 않다고들 하더라. 사실인지 믿어지지 않지만 명절에 자기 집에는 갈비를 사 들고 가고 처가댁에 갈 때는 사과 한 상자를 배달시킨다는 남편과, 친정에는 수시로 드나들면서 시댁에는 이 핑계, 저 핑계를 만들어 가지 않으려 한다는 아내에 대한 이야기를 라디오에서 들은 적이 있었어. 당시 많은 사람들이 공감한다고 했고 그 프로그램 진행자는 최근 몇 년간 처가에 가지 않은 남자들 이야기도 덧붙이더라.

'내 부모에겐 내가 알아서 할 테니 네 부모에겐 네가 알아서 해라.'

'명절에도 공평하게 각자 자기 집에 다녀오기.'

이런 추세로 흘러간다는 기사를 신문에서도 본 적이 있다. 그런데 많은 사람들이 가는 길이 반드시 옳은 건 아니야. 훨씬 지혜롭고 서로 행복하게 되는 방법이 있거든.

'당신이 내 부모님께 이토록 잘해 주시니 당신 부모님께는 내가 더 잘할게요.'

'우리가 힘들어도 명절 전후로 양가 모두 다녀옵시다.'

이게 정답이야.

엄마랑 아빠가 누구보다도 확실하게 경험한 거니까 믿고 따라해 보거라. 행복한 결혼 생활을 보장해 주는 방법이란다. 먼 이야기 같겠지만 지나고 보니 시간이 너무나 빠르게 지나가더라.

꼭 기억하고 실천하길 바란다.

사랑하는 승윤아, 정윤아.

지난달에 다녀온 뿌리공원에 다시 가기로 약속한 날이 오늘이었는데, 엄마 컨디션이 갑자기 안 좋아지는 바람에 갈 수가 없게 되어 정말 미안하구나.

함께 뛰고 구르며 놀아 주는 것도 아니고 그저 옆에서 걷는 것만이라도 하고 싶었지만 다음 기회로 미뤄야 할 것 같아. 엄마는 집에 있을 테니 아빠랑 셋이 다녀오라고 여러 번 말했는데도 너희들은 싫다고 했어. 우린 항상 함께하는 가족이니까 엄마가 나으면 그때 완전체로 가겠다고, 그리고 오늘은 대신 집에서 해리포터 영화를 보겠다고 말이지.

금방 영화에 빠져들어 흥미진진한 표정으로 몰입하는 너희들을 보며 마음 한편이 먹먹해졌단다. 아직은 엄마 아빠한테 떼를 쓰고 울어서라도 원하는 것들을 얻어내려 하는 나이인데 우리 승윤이랑 정윤이는 그럴 기회가 없었구나.

어릴 적에도 둘 다 그렇게 순하더니 지금은 엄마가 아픈 이유로 무엇이든 엄마한테 양보하고 엄마를 보살펴 줘야 한다는 책임감이 있는 것 같아서 안타까워. 천진난만하게 어린 시절을 향유할 기회를 엄마가 빼앗은 것 같아서 정말 미안하다.

그런데 생각해보면 너희들은 대여섯 살 때도 늘 엄마를 위해 줬던 기억이 많아.

처음 떠오르는 건 승윤이.

엄마가 가끔 감기에 걸리거나 힘이 없어 보인다고 느껴지면 살짝 다가와 물었지.

"엄마, 지금 에너지가 몇 개야?"

"응, 두 개."

"그럼 우유 먹고 좀 쉬세요. 정윤이는 나랑 놀면 되니까 걱정 마시고요."

그리곤 엄마를 방에 들어가 눕게 하고 조용히 나가면서 방문을 닫았어. 정윤이 보고 엄마는 쉬셔야 하니까 우린 방에 들어가지 말고 거실에서 놀자고 달래듯 말하는 소리가 들렸지. 그 당시 좋아하던 게임에서 주인공의 능력치를 에너지의 양으로 나타내는 게 있었는데 아마 엄마도 에너지를 충전하면 금방 회복되리라 생각했나 봐.

그리고 두 번째로 떠오르는 정윤이.

터전에 다니던 어느 날 소아과 예약시간이 촉박해서 도중에 정윤이를 데리고 나와야 했지. 정윤이가 엄마를 보고 반갑게 뛰어오더니 자랑스럽게 손바닥을 펼쳐 보이는데 정윤이가 너무너무 좋아하는 보라색 캐러멜 한 개가 녹아서 찐득하게 붙어 있었어.

엄마는 급한 마음에 캐러멜을 빼앗아 껍질을 까서 정윤이의 입에 넣어준 다음 화장실로 데려가 손을 씻겨 주었단다. 그런데 갑자기 정윤이가 엉엉 울기 시작하는 거야.

왜 그러냐고 엄마가 물어보자 눈물을 펑펑 쏟으며 대답하더라.

"그거 엄마 주려고 아까부터 안 먹고 갖고 있던 건데… 포도맛은 그거 하나밖에 없었단 말이야. 엉엉."

아뿔싸, 엄마가 실수한 거였어.

평소에 그렇게 좋아하던 캐러멜을 친구가 줬는데 그걸 또 엄마한테 주려고 하루 종일 손에 쥐고 있었던 거야. 꼭 쥔 손안에서 난 땀 때문에 끈적하게 녹아내릴 정도로 말이지. 그런데 그걸 아이가 미처 자랑도 하기 전에 냉큼 까서 입에 넣어 줬으니 얼마나 속상했을까.

그날 엄마가 정윤이를 껴안고 얼마나 사과했는지 몰라. 그러면서도 정말 행복했어. 세상 어느 맛난 음식이라도 그 캐러멜과는 비교할 수 없을 만큼 감동을 받았거든.

이렇게 너희들은 어릴 때부터 엄마에겐 특별한 아이들이었어. 그래서 오늘은 선물로 아주 예쁜 얘기를 하나 소개할게. 누군가 보내 준 카톡에 있던 건데 한참을 찾았단다.


제목 : No charge


저녁준비를 하고 있는데 제 아이가 부엌에 와서 뭐라고 쓴 종이 한 장을 저에게 주었습니다. 손을 앞치마에 급히 닦고 그 종이를 받아 읽었습니다. 거기엔 이렇게 쓰여 있었습니다.


잔디 깎은 대가, 5불
침대 정리, 1불
가게 심부름, 5센트

동생 돌보기, 25센트

쓰레기 버린 일, 1불

좋은 성적표 받은 일, 5불

마당 청소, 2불


총 청구액 14불 30센트


잔뜩 기대하고 있는 아이를 보면서 제 마음속에는 만 가지의 생각이 스쳐 갔습니다. 그래서 펜을 들어 그 종이 뒷면에 이렇게 썼습니다.


9달 동안 내 뱃속에서 너를 키운 값, 무료

아플 때마다 잠 못 자고 너를 위해 기도하며 간호해 준 값, 무료

수년간 너를 위해 시간을 투자하고 너를 위해 눈물 흘렸던 값, 무료


모두 다 더하면 네게 준 내 사랑의 값은 거저구나.

네 걱정으로 가득 찬 나날들

네 장래를 위한 염려들

네게 준 충고와 가르쳐준 지식들

모두 무료

장난감, 음식, 옷, 모두 무료

나의 모든 사랑의 값은 무료란다. 아들아.


아이가 다 읽더니 눈에 커다란 눈물이 글썽이고 있었습니다. 그리고 저를 올려보며 "엄마, 정말 사랑해"라고 말하곤 펜을 들더니 아주 크게 이렇게 썼습니다.


'완불(Paid in full)'

# 스물여섯 번째 엄마의 편지

사랑하는 승윤아, 정윤아.

성경 묵상 중에 떠오른 생각이 있어서 노트를 꺼냈는데 노란 은행잎이랑 빨간 단풍잎으로 만든 책갈피가 보이더구나. 재작년인가 엄마랑 함께 책갈피를 만든다고 공원에서 며칠 동안 예쁜 낙엽들을 주운 적이 있었지. 마지막 날 거실에 쫙 늘어놓고 예쁜 것들을 추리던 장면이 기억난다. 승윤이가 어른 손바닥보다도 커다란 플라타너스 잎을 여러 개 주워 와서 한참을 웃었지.

어쨌든 그것들을 코팅한 후 구멍을 뚫어서 색끈을 매달아 여러 사람에게 선물했어. 친구들과 이모들, 사촌들한테 나눠주고 고맙다는 인사를 얼마나 많이 받았는지 몰라. 그걸 들여다보고 있자니 연달아서 여러 기억들이 따라오더라.

참 신기한 게 추억이라는 건 아주 큰 마법 같아. 작은 기억 하나를 떠올리면 그때까지 전혀 생각해 본 적이 없더라도 그 당시의 장면들이 마치 영화 보는 것처럼 눈앞에 펼쳐지지. 그러다가 어느 순간 소리까지 재생되는데 그 장면 앞뒤로 몇 가지가 더 생각나게 된단다. 마치 청소하다가 소파

밑에서 털실 한 가닥이 보여서 잡아당기면 술술술 계속 실이 나오는 것처럼 말이야. 기억 저편에는 틀림없이 커다란 실뭉치가 숨겨져 있어서 한 가닥을 잡아당기면 당길 때마다 실이 풀리듯 따라나오는 것 같아.

"엄마, 가을에는 왜 나뭇잎들 색깔이 노랗거나 빨갛게 변하는 거예요?"

"원래 처음부터 노란색, 주황색, 빨간색 등 여러 가지 색이 함께 있는 거야. 그런데 한여름에는 햇빛이 강하고 많아서 초록색을 만드는 엽록소라는 게 가장 많이 만들어지거든. 그래서 초록색으로 보이지만 날씨가 추워지면서 햇빛양이 줄어들고 엽록소도 조금 만들어지게 돼. 그때 자연스럽게 숨어 있던 다른 색깔들이 나타나는 거야."

"그럼 나뭇잎이 떨어져서 이렇게 낙엽이 되는 건 왜 그런 거예요?"

"겨울이 가까워지면 낮의 길이가 짧아져서 햇빛을 받는 시간도 짧아지거든. 그럼 에너지를 만드는 힘도 전보다 부족해져서 땅으로부터 물과 영양분을 끌어올리는 힘이 약해진단다. 그럼 나무가 어떻게 할까? 중요한 몸통과 그 근처로만 물을 보내주고 멀리 있는 가지랑 잎에는 물을 안 보내서 에너지를 아껴쓰겠지. 그래서 가장 끝에 매달린 잎사귀들이 목이 말라 죽어서 떨어지는 낙엽이 되는 거야."

엄마는 너희들이 질문하는 건 무엇이든지 최선을 다해서 대답하려고 노력했어. 가끔 모르는 게 있을 땐 솔직하게 이건 엄마도 잘 모르는 거니까 함께 집에 가서 찾아보자고 말한 뒤 책이나 인터넷에서 찾아서 알려주곤 했지. 그건 너희들이 아주 어렸을 때도 마찬가지였어. 그렇게 말한다고 아이들이 알아듣겠냐며 웃는 사람들도 있었지만 엄마는 그렇게 생각하지 않았거든. 사람마다 생각하는 그릇의 깊이와 크기가 다 다르니까 아이라고는 해도 엄마 역시 너희들을 완벽하게 알 수는 없는 거라고 생각했어.

그래서 무슨 질문이든 어른에게 대답하듯 사실에 입각하여 자세히 하려고 했고, 단어만 쉬운 걸로 바꿔가며 설명을 했지. 너희도 어느 정도는 받아들이는 게 느껴졌어.

승윤이가 네 살 때였나, 그 당시 승윤이는 너무나 관심분야에만 몰입을 해서 뭔가에 꽂히면 그 집중력을 이겨낼 장사가 없었지. 갖고 싶은 건 꼭 가져야 했고 엎드려서 자동차 바퀴만 두 시간 넘게 들여다 볼 때도 있었어.

그런데 어느 날 무슨 일로 승윤이랑 엄마랑 둘이서만 백화점에 가게 된 거야. 뭔가 마음에 드는 게 있었는지 손으로 가리키며 사달라고 했어. 잠시 큰일이다 하고 당황했지만 얼른 쪼그리고 앉아서 지갑을 열어 보여 주었어.

"여기 이거 돈이지? 저걸 사려면 이런 게 여섯 장이 있어야해. 그런데 지금 엄마는 두 장 밖에 없잖아. 그래서 살 수가 없어. 며칠 있으면 엄마가 일한 만큼의 돈이 통장으로 들어오거든. 그럼 그때 다시 와서 사 줄게. 그때까지 기다려 줄 수 있지?"

그러자 승윤이는 잠시 생각하더니 이내 이해했다는 듯이 고개를 끄덕이며 알았다고 했어. 사실은 그때 얼마나 놀랐는지 몰라. 어린아이지만 진심을 다해 상황 설명을 하면 알아듣는구나… 그때의 깨달음이 너희들의 질문에 대답하는 방법을 만들어 준 거야.

승윤아, 정윤아.

겨우 네 살짜리 아이도 진정성 있게 하는 말은 알아듣는 걸 보면 살아가면서 누군가와 소통하는 데 가장 큰 힘은 '진심'인 것 같아. 화려한 언변이나 제스처보다는 솔직하고 진심어린 말과 행동이 상대방의 마음을 움직이게 하거든. 앞으로 살아가면서 꼭 명심하거라. 사람을 대할 때는 진심을 담아 대하는 게 가장 효과적이고 오래 지속되는 방법이라는 걸 말이다.

# 스물일곱 번째 엄마의 편지

사랑하는 승윤아, 정윤아.

오늘 학교에서 재미있는 숙제가 있었지?

'부모님께 자기의 태몽을 여쭤보고 그 내용을 적어 오기.'

숙제는 정윤이 거였는데 이야기를 나누는 중에 승윤이까지 가세하면서 결국은 아빠를 포함, 온 가족의 태몽 얘기로 저녁오후를 재미있게 보냈구나.

사실 엄마는 태몽이나 예지몽 같은 거 믿지 않거든. 그래서 언젠가는 이런 얘기가 나올 때를 대비해서 아주 근사한 내용의 태몽 이야기를 만들려고 했어.

우습지? 어차피 의미 없는 거니까 듣는 사람들이 흥미를 느끼고 그 꿈의 주인공인 너희들의 어깨가 으쓱하도록 해 주고 싶었거든.

그런데 아까 엉겁결에 진짜 태몽 이야기를 모두 들려주고 난 뒤 이런 생각이 들더구나. 태어날 아이의 성별이나 미래를 알려준다고 믿는 태몽이란 게 말이다. 실은 아이를 갖고 싶은 간절함과 그 아이가 훌륭한 사람이 되기 원하는 기대감을 꿈으로 꾸는 게 아닐까 하는 그런 생각이 들었어. 즉, 무의식적으로 자기의 소망이 기존에 들었던 여러 가지 태몽의 내용과 어우

러져 꿈으로 나타난다는 거지.

엄마랑 아빠는 너희들을 그냥 기다리고 꿈만 꾼 게 아니라 적극적으로 기도하며 준비했단다. 참으로 너희들이 태어나기를 기다리고 있었거든.

엄마랑 아빠가 결혼한 첫해의 크리스마스가 생각나네.

우린 남들이 즐겨한다는 100일 기도에 '+10' 해서 110일 새벽기도를 작정하고 하루도 빠짐없이 새벽 예배에 참석해서 기도했단다. 고백하자면 엄마는 쌍둥이를 달라고 기도했었어. 한 번에 둘을 낳으면 좋을 것 같아서. 아들이든 딸이든 상관없이 둘은 꼭 갖고 싶다고, 건강하고 착하고 하나님 보시기에도 예쁜 그런 아이들을 달라고 기도했어. 그랬더니 쌍둥이는 아니지만 연년생으로 너희들을 낳게 된 거지.

승윤이의 태몽은 예쁘고 반짝거리는 커다란 보석반지였어. 정윤이의 태몽은 할머니께서 대신 꿔 주셨는데 아주 토실토실하고 탐스런 알밤이었고. 태몽은 주위 친지 분들이 대신 꾸기도 한다는구나.

혹시 태명이야기는 해준 적이 있었나?

태명이란 아기가 뱃속에 있을 때 건강하게 태어나서 잘 자라주기를 바라면서 붙여 주고 불러 주는 이름이야. 승윤이의 태명은 귀한 사람이 되라고 귀동이, 정윤이의 태명은 지혜로운 사람이 되라고 총명이였어.

이제 너희들이 자라면서 알게 되겠지만 세상은 대부분 결과만을 보고 판단한단다. 내가 얼마만큼 죽어라고 노력했는지, 얼마만큼 편법을 피해 정당하게 달려왔는지 따위는 전혀 생각해 주지 않아. 당장 눈앞에 보이는 결과만 보고 너희들을 판단할 거구.

하지만 엄마가 자신 있게 말할 수 있는 건 하나님은 절대로 그렇지 않다는 거야. 결과보다는 과정을, 보이는 것이 아닌 속마음을 보시니까 너희들은 너희들의 마음이 가리키는 방향으로 꿋꿋하게 행동하길 바란다.

어느 마을에 커다란 떡갈나무가 있었대.

한 아버지랑 아들이 그 나무 밑을 지나가다가 잠시 그늘 아래서 쉬기로 했어.

아빠가 물었어.

"아들아, 이 나무가 이렇게 크고 훌륭하게 자라게 된 이유가 뭘까?"

"글쎄요, 이유가 뭔데요?"

"쓸모가 없어서이지. 만약 누군가의 눈에 쓸모가 있어 보였다면 벌써 베어져서 식탁이나 옷장으로 만들어졌을 텐데, 그렇게 보이지 않았기 때문에 지금까지 자라서 이렇게 큰 나무가 될 수 있었던 거야. 지금은 이렇게 훌륭한 나무가 되어 지나가는 사람들의 그늘이 되어주고 쉼터가 되어 주고 있지."


'대기만성'이라는 사자성어가 있어.

큰 그릇은 늦게 이루어진다는 말로, 크게 될 인물은 많은 과정을 거쳐 천천히 만들어진다는 뜻이기도 해. 빠른 성공이 모두 나쁘다는 건 절대 아니야. 올바른 방법으로 일해서 정당한 대가로 얻어지는 성공은 당연히 축하 받고 칭찬 받아야지.

그런데 살다 보면 그런 순간이 올 수 있거든. 노력해도 안 되고 뭔가 지름길이 없나 두리번거리게 되는 순간이. 그때는 저 떡갈나무를 생각해.

지금은 사람들이 너희들의 능력을 못 알아본다 해도 꾸준히 노력하다 보면 언젠가는 너희들을 인정하고 존경하게 될 거란 걸 말이야. 엄마에겐 그런 믿음이 있기 때문에 태풍보다는 기도의 힘을 믿어.

그래도 나쁘지는 않네. 빛나는 보석 반지랑 토실토실 알밤이라니.

# 스물여덟 번째 엄마의 편지

사랑하는 승윤아, 정윤아.

병원에서 아빠가 약을 타러 다녀오시는 동안 엄마는 원무과 앞 의자에 앉아서 무심히 응급실 입구를 보았어. 항상 그렇듯이 많은 사람들이 실려 오고 의사랑 간호사 선생님들이 분주히 드나들고 그러는데 한 아기엄마가 동동거리는 게 눈에 띄더라. 남편이랑 통화하는지 큰 소리로 뭐라 말하는데 가만히 들어 보니 어린 아들이 응급실에 있나 봐. 듣고 보니 엄마가 매일 먹는 약을 아이가 한꺼번에 20알 정도 몽땅 먹었다는 거야. 다행히 큰 이상은 없을 거라고 했다며 통화하는데 갑자기 승윤이 어릴 적 일이 생각나서 혼자 피식 웃었단다.

다섯 살 때인가, 승윤이가 평소와는 달리 칭얼대고 약간 미열도 있기에 아침부터 주의 깊게 살피고 있었는데 저녁때쯤 어딘가 아프다며 울기 시작했지. 엄마랑 아빠는 황급히 승윤이를 병원 응급실로 데려갔는데 왜 그랬는지 아니? 도대체 언제 넣었는지 모르지만 작은 콩 하나를 콧구멍 안에 집어넣은 거였어. 그게 시간이 갈수록 퉁퉁 불어나면서 코 안에서 팽창하니까 통증이 나타났던 거구. 의사선생님들이 이런 경우는 처음 봤다며 얼

나침반이 되어 줄게

마나 웃으셨는지 몰라.

그 기억이 떠오르기에 집으로 오는 차 안에서도 아빠랑 그 얘기를 하면서 즐겁게 왔단다. 오자마자 당시의 육아일기를 찾아보니 그것 말고도 참 많은 사건들이 있었더구나.

사람의 기억이라는 게 한계가 있어서 아무리 머리가 좋은 사람도 시간이 흐르면 자기가 무엇을 잊고 있는지도 모른 채 서서히 지난 시간들을 놓쳐 버리게 된단다. 하지만 그게 꼭 나쁜 것만은 아니야. 사람이 평생 살아온 기억을 고스란히 갖고 있다면 그건 훨씬 끔찍한 일이 될 테니까. 좋은 기억이야 많아도 괜찮지만 슬픈 기억이나 괴로운 기억, 또는 너무 부끄러워서 잊고 싶은 기억을 생생하게 다 갖고 산다면 그거야말로 엄청난 형벌이 아니겠니?

그런데 엄마가 일기를 보면서 느낀 게 또 하나 있어.

불과 몇 년이 지났을 뿐인데도 이렇게 생소한 사건이 있었다니, 이걸 적어놓기를 정말 잘했구나. 앞으로는 일기를 규칙적으로 쓰는 것도 중요하지만 가끔씩은 지난 일기를 읽어 봐야겠다는 생각이 들었어. 그러면 나 자신의 행동이나 상황들을 되짚어볼 수도 있고, 나중에 똑같은 상황이 생겼을 때 전보다는 나은 대처를 할 수 있지 않을까.

이걸 진작 깨달았으면 얼마나 좋았을까. 지금보다 훨씬 지혜롭게 실수를 줄일 수 있었을 텐데 말이지. 그래서 앞으로는 너희들에게 일기 쓰는 걸 적극적으로 가르칠 생각이야. 엄마는 그동안 육아일기랑 묵상노트, 감사노트 등을 따로 썼는데 지금 생각해 보니 전혀 그럴 필요가 없는 것 같아. 아까 집으로 오는 길에 아빠랑 여러 가지 방법에 대해 의논했는데 몇 가지 정리된 게 있어서 여기에 적어 놓으려고 해.

승윤아, 정윤아.

첫째, 일기는 매일 쓰기로 하자.

맨 윗부분에는 그날에 느꼈던 감사할 사항들을 서너 가지 쓰는 거야.

'오늘 급식에 좋아하는 돈가스가 나온 것을 감사합니다. 깜빡 잊었는데 숙제 검사를 하지 않아서 감사합니다. 오늘따라 맑은 날씨를 주셔서 감사합니다. 바둑대회 대진표에 부전승이 있는 걸 감사합니다. 할머니께서 며칠 더 계신다고 하는 것 감사합니다' 등 일상생활에서 감사할 거리들을 찾아서 쓰면 된단다.

감사하는 마음은 우물 같아서 작은 일에도 감사하기 시작하면 정말로 감사할 대상들이 많아지거든. 우물물을 계속 퍼 올리면 마르지 않지만, 반대로 사용하지 않으면 결국 말라 버리는 것과 같은 이치지. 감사는 어떤 조건이 아니라 습관인거야. 매사에 이렇게 감사하는 게 몸에 익으면 마음이 변하고, 마음이 변하면 말이 변하고, 말이 변하면 놀랍게도 상대방이 변한단다.

둘째, 그 다음에 하루 중 있었던 일에 대한 일반적인 일기를 쓰거라. 물론 쓸 게 없다면 감사일기만 쓰고 덮어 버려도 돼. 길게 쓰지 않아도 되니 간략하게 어떤 일이 있었는데 그때 넌 어떻게 했는지 느낌과 생각들을 적는 거야. 지금은 아직 어려서 필요 없지만 중학교, 고등학교, 대학교에 다닐 때쯤에는 가끔씩 지난 일기를 읽어 보며 일종의 피드백을 만드는 거지. (피드백, 어려운 단어지? 사전 찾아보렴.)

그런 과정들이 너희들을 지금보다 더 좋아지도록 도와줄 거야. 달리기를 하거나 자전거를 타는 사람들도 바위에는 걸려 넘어지지 않지만 돌멩이에는 걸려 넘어진단다. 바위는 보이는 순간 비켜 지나갈 수 있으니까 말이야. 미처 눈에 띄지 않는 작은 돌멩이에 걸려 넘어지게 돼. 인생에도 그런 작은 돌멩이들이 있는데 그게 밖에 있을 수도 있지만 우리 마음 안에 있을 수도 있어. 일기를 통해 지난 시행착오와 경험들을 되새겨본다면 그런 돌멩이들을 미리 치워 버릴 수 있는 힘이 생기거든. 언제 시작해도 좋지만 가능하면 빨리 시작해 보자꾸나.

# 스물아홉 번째 엄마의 편지

사랑하는 승윤아, 정윤아.

어른은 어른대로 아이들은 아이들대로 살아가면서 인간관계로 인한 스트레스를 느끼곤 해. 승윤이는 서래마을에서 KIBA에 다닐 때 유독 자기한테만 트집을 잡는 친구가 있어서 힘들다고 했었고, 정윤이도 학교에서 비슷한 경우가 있었어. 생각해 보니 엄마나 아빠한테도 예전에는 그런 사람이 있었단다.

마침 오늘 라디오에서 짧은 이야기를 들었는데 그게 많은 여운을 남기더구나.

한 정신과 의사가 있었어. 그런데 직장상사 때문에 엄청난 스트레스를 받는다며 일주일에 한 번씩 와서 상담을 하고 가는 환자가 있었대. 말도 안 되는 명령을 내리거나 괜히 꼬투리를 잡아 호통을 치거나 부하직원의 공을 슬쩍 가로채는 등 얼마나 미운지 보고 있기만 해도 가슴이 답답해진다며 하소연을 하고 가곤 했대.

그러던 어느 날 환한 표정으로 환자가 왔더란다. 그 나쁜 상관이 다른 곳으로 가게 되어 새로운 상관이 왔는데 얼마나 좋은지 이제야 살 것 같다고, 앞으론 병원에 올 필요가 없다고 말이야. 의사는 진심으로 축하해 주며 인사를 했어.

그런데 한 달쯤 후 그 환자가 전과 똑같은 표정으로 다시 찾아왔더래. 새로 온 상관은 다를 줄 알았는데 그 놈이 그 놈이더라면서 이번에도 극심한 스트레스를 호소하면서 말이지. 이 이야기가 무얼 말하는지 혹시 감이 잡히니?

이 환자는 자기 스트레스의 원인이 상관에게 있다고 생각하지만 사실은 그렇지 않아. 이 사람은 앞으로 어느 상관을 만나든 똑같이 스트레스를 받게 될 거야. 스트레스는 사실 남이 나한테 주는 게 아니라 나 스스로가 만들어내는 거거든. 어릴 때 친구관계에선 안 만나면 그만이지만 어른이 되어 직장에 다니거나 어느 단체에 소속될 경우엔 그게 그리 쉬운 게 아니란다. 계속 부딪치고 서로 불편해지는 사람이 있을 경우 어떻게 해야 할까? 엄마가 생각하는 두 가지의 해결 방법을 너희들에게 알려 주려고 해.

첫째, 상황을 바꿀 수 없다면 나를 바꾼다.

누군가와 지속적으로 갈등이 있을 때는 말로 설득하려 하지 말아라. 상대방은 절대로 바뀌지 않을 거고 그 상황 역시 계속될 테니까 차라리 나 자신의 관점을 바꾸는 게 더 빠르단다. 그 사람의 태도나 생각, 생활방식들을 보고 앞으로 내가 하지 말아야 할 행동 수칙들을 배워 나간다고 생각해도 좋을 것 같아. 즉, 그의 행동을 나의 '타산지석'으로 삼자는 거지. 그래서 그 사람의 행동에 유연하게 대처할 방법을 하나하나 늘리고 그 상황을 관리하는 능력을 기르는 거야.

둘째, 스트레스를 해소하는 나만의 방법을 찾아라.

첫 번째 방법을 잘못 받아들여서 무조건 참으라는 뜻으로 이해하면 안 돼. 상대방에게 끝없이 양보하고 뒷걸음질하면서 타협하는 건 절대로 오래 갈 수 없거든. 그냥 감정을 쌓아 두기만 하면 언젠가는 폭발할 수 있으니 적당한 때 풀어 버리는 방법을 찾아서 내 감정의 주인이 내가 될 수 있게 만들어야 해.

예를 들면 미국의 링컨 대통령은 누군가에게 화가 나면 그날 밤에 그 사람에게 장문의 편지를 썼대. 엄청난 비난과 욕설도 겸하여 말이지. 그런데 그 편지를 실제로 부친 적은 한 번도 없다더구나.

아침이 되면 그 편지를 늘 태워 버렸대. 감정을 있는 그대로 누르지 않은 상태에서 편지에 오롯이 쏟아 부은 다음 어느 정도 안정을 찾은 아침이 되면 흔적을 남기지 않고 불살라 버렸다니 참 대단한 분이신 것 같다. 만약 그 편지들이 상대방에게 모두 배달되었다면 미국의 역사는 엄청나게 변했을 거야. 그분이 대통령이 안 되었을 수도 있고, 되었다 하더라도 지금처럼 존경받는 인물로 남지는 않았겠지.

엄마의 경우는 매일 쓰는 감사노트로 마음을 조절한단다.

'아까 화를 내지 않고 참을 수 있었던 것을 감사합니다.'

'다른 동료들이 모두들 절 위로하고 공감해 준 것을 감사합니다.'

'당황하거나 흥분하지 않고 조용하지만 힘 있게 상황설명을 할 수 있었던 것을 감사합니다.'

이렇게 감사하는 이유들을 적다 보면 마음이 저절로 안정되면서 치유받는 느낌이 든단다. 아마도 이런저런 마음들이 서로 붙어 있어서, 감사하고 기뻐하는 마음이 커지는 순간 다른 마음들한테도 영향을 주는 것 같아. 뭔가에 화가 났을 때 시간이 흐를수록 더 기분 나빠지는 것도 다른 마음들이 영향을 받은 거지. 그러니까 하루에 다섯 가지 정도 감사노트를 적다 보면 미움, 분노 등 나쁜 마음들이 더 이상 커지질 못하고 자연스럽게 사라질 거야.

음악을 듣거나 운동을 할 수도 있고 북적거리는 재래시장에 가서 큰 소리로 흥정하는 사람들을 보며 마음을 다독일 수도 있어. 너희들도 너희들만의 스트레스 해소방법을 찾도록 노력해 보거라. 여러 번의 시행착오를 통해 너희들만의 방법을 찾아낸다면 그때부터는 너희들이 모든 감정을 관리할 수 있는 능력을 갖게 되는 거야. 이것저것 시도해 보기 싫다면 엄마의 방법을 사용해 보는 건 어떨까?

한 번 해 볼래?

사랑하는 승윤아, 정윤아.

　며칠 동안이나 우리 보물들을 보지 못해서 마음이 허전했는데 드디어 오늘 집에 오니 너무나 좋구나. 특히 이번에는 간호사들이 바뀌어서 그랬는지 작은 실수도 많아서 엄마가 더 고생하기도 했단다. 한 번은 정맥주사에 동시에 연결하는 걸 누군가 빠뜨린 거야. 다행히 꼼꼼한 아빠가 발견하시고 얼른 간호사실에 연락을 했지.

　그러려는 의도는 아니었는데 마침 회진 차 오신 담당 의사선생님께서 그 상황을 모두 지켜보게 되었어. 본인은 확실하게 처방을 내렸는데 전달 과정에서 누락된 건지 아님 누군가의 실수인지 그 자리에서 다 밝혀내려고 하시지 뭐니. 엄마랑 아빠는 단지 받지 못한 처방약만 챙겨 받으려고 한 건데, 당황해서 말도 못하는 간호사들을 보면서 괜히 미안해졌어.

　그런데 서너 명의 간호사들 중 어느 누구도 제 잘못입니다 하고 나서지를 않는 거야. 알고 보니 인수인계 과정에서 퇴근하는 사람은 후임이 스스로 챙기겠지 하고 가 버렸고 후임은 선임이 건네는 걸 체크해 보지 않고 그냥 병실로 갖고 온 거였어. 게다가 다른 막내 간호사가 주사약 이름이랑 개수를 확인하셨냐고 물었다는데 선배 간호사는 그걸 그냥 무시해 버린 거지. 하긴 살다 보면 누구나 어느 정도는 습관적으로 행동하는 부분이 생기게 마련이야.

하지만 특별한 사람들은 바로 거기에서 차이를 만든단다. 항상 하는 일, 별로 어렵지 않은 일, 아무도 보지 않는 곳에서의 일이라 할지라도 중요한 일을 마치 처음 하는 것처럼 최선을 다해 하거든. 다른 사람보다도 나 스스로에게 먼저 당당해지고자 하는 일종의 책임감이랄까, 그런 마음가짐이 꼭 필요한 것 같아.


가난한 자메이카 이민자 가정에서 태어나 뉴욕 빈민가의 어려운 환경 속에서도 장관의 자리까지 올라간 한 흑인 청년의 이야기를 해 줄게.

어릴 적부터 철저한 신앙교육을 받고 자란 그는 세례를 받을 때 목사님이 해 주신 기도를 평생 마음속에 깊이 새겨 두었대. 그는 항상 자신을 지켜보며 보호해 주시는 분이 바로 하나님이심을 믿고 어디서든 최선을 다해 일했단다.

17살 때 코카콜라 공장에서 바닥청소를 시작했는데 그 성실함을 인정받아 결국 부감독관 자리까지 빠르게 승진했고 거기서 중요한 경험을 한단다. 길고 깊은 도랑을 파는 일을 감독하는데 두 사람의 대화를 듣게 되었어. 작업환경과 날씨, 감독관 등 모든 게 불만이었던 사람과 묵묵히 자기 일을 열심히 하는 사람의 대화였지. 몇 년이 지난 후 우연히 두 사람을 또 보게 되었는데 묵묵히 성실하게 일했던 사람이 감독관이 되어 여전히 불평하며 도랑을 파던 사람을 관리하고 있었대.

'아, 하나님은 정말로 모든 사람을 보고 계시는구나.'

다시 한 번 깨달은 그는 ROTC에 지원하여 군대에 갔고 월남전 최전방에서 열심히 근무한 덕에 작전참모 자리까지 올랐대. 그 후 책임감 있게 20년 간 군 생활을 하던 중, 그는 정식 육군사관학교 출신이 아님에도 불구하고 조지 부시 대통령 때 미국합참의장으로 임명되었단다. 이 사람은 바로 콜 린 파웰 전 국무부장이야.

그는 젊은 청년들에게 이렇게 말한단다.

"모든 일은 나름대로의 가치가 있습니다. 어떤 일에서나 최선을 다하십시 오. 누군가 나를 지켜보고 있다는 사실을 명심하십시오. 모든 일을 하나 님 앞에서 하듯 하면 여러분은 어딜 가든 인정받게 될 것입니다."


언젠가 할머니 댁에 가는 길에 도로가의 과일가게에서 샀던 딸기상자, 기 억하니?

너무나 크고 탐스러워 보였는데 도착한 후 씻으려고 열어 보니 윗부분만 좋은 딸기였고 아랫부분은 작고 시들고 상한 딸기였지. 그 후론 절대 거리에 서 과일을 사지 않았단다. 만약 위나 아래나 똑같이 좋은 과일로 담았더라 면 자주 지나치는 사람들은 나중에 또 구입하겠지. 하지만 엄마처럼 한 번 속았다고 생각한 사람들은 절대로 같은 가게에서 다시 구입하지 않을 거야.

장기적으로 보면 그 상인은 참 어리석은 거였어. 크게 한 번 이익을 내고 망하는 것보다 정직하게 신뢰를 쌓으며 조금씩이라도 꾸준히 버는 게 훨씬 나은 건데 말이야.

너희들은 언제나 정직하고 성실하게 살았으면 좋겠다.

참, 남의 조언을 귀담아 듣는 것도 아주 필요하단다. 아까 그 실수한 간 호사도 막내 간호사의 말을 귀담아들었다면 그런 실수를 하지는 않았을 테니 말이다.

보너스로 몽골제국을 건설한 칭기즈 칸의 말을 들려줄게.

"내 귀가 나를 가르쳤다. 나는 내 이름도 쓸 줄 몰랐으나 타인의 말에 귀 기울이며 현명해지는 법을 배웠다."

필요할 땐 남의 말도 들을 줄 알고 성실하고 정직하게….

그렇게 살자, 우리 보물들.

# 서른한 번째 엄마의 편지

사랑하는 승윤아, 정윤아.

아까 교회에서 주차장으로 가는 길에 아빠한테 꾸지람을 듣는 걸 보았어.

너희들이 어릴 적에도 꾸중이나 훈계는 모두 아빠의 담당이었지. 엄마는 속으로만 안타까워할 뿐 겉으로는 끼어들지 않고 늘 애만 태웠어. 엄마의 교육법과 아빠의 교육법이 다르지만 각자가 최선의 선택을 하고 있다는 확신이 있었기 때문에 서로의 방법에 간섭하지 말자는 게 두 사람의 약속이었거든. 하지만 너희들은 알지?

지금까지 아빠는 단 한 번도 큰소리를 내거나 회초리를 사용하지 않으신 거. 항상 조용조용한 목소리로 훈계하시는 게 전부였잖니. 그런데도 정윤이는 눈물을 뚝뚝 흘리곤 했지만 말이야.

그런데 이번에는 엄마가 아빠 몰래 부탁을 좀 하려고 해.

엄마가 아프기 전에는 너희들을 혼내신 날마다 주무시기 전에 반드시 얘기를 해 주셨어. 오늘 이러저러한 일이 있어서 아이들에게 따끔한 한마디를 했다, 저 녀석들이 앞으로는 그러지 말아야 할 텐데, 당신이 가끔 눈 여겨 보다가 한 번씩 짚어 줬으면 좋겠다 등등.

그런데 지금은 그런 말을 절대로 하지 않으신단다. 엄마가 아프니까 가능하면 기쁘고 좋은 것만 보여 주려고 하고, 안 좋은 일이나 걱정되는 일들은 절대로 입 밖으로 내지 않으시지. 그래서 엄마도 그냥 모르는 척 해. 물어보면 아빠가 속상하실까 봐.

승윤아, 정윤아.

아빠가 워낙 말씀이 없으셔서 너희들이 잘 모를 수도 있겠다 싶어 말하는 건데, 아빠는 정말 누구도 더 잘할 수 없을 만큼 엄마한테 최선을 다해 주시고 계셔.

하루 종일 항암제, 영양제, 면역증강제 등 약 먹는 시간, 틈틈이 그라비올라 차 마시는 시간, 산책하는 시간, 운동하는 시간을 챙겨 주시고, 몸에 좋다는 각종 재료들로 만든 레시피로 만든 간식도 해 주고 계셔. 하루 24시간을 분단위로 촘촘하게 나누어 엄마에게 헌신하고 계시단다. 그러면서도 늘 뭔가 더 할 게 없나 여기저기 자문을 구하고 찾아보고… 벌써 2년째지만 단 하루도 느슨해진 적이 없으시지.

엄마가 빨리 좋아져야 할 텐데 그러지도 못하고… 아빠가 많이 힘드실 거야.

언젠가 엄마가 진통제를 먹고 잠시 잠들었는데 깊은 잠이 아니라서 밖에서 아빠가 나지막한 목소리로 통화하는 소리가 들리더구나.

상대방이 누군지 모르는데 존댓말을 하셨어.

오늘 아이들에게 꾸지람을 했는데 자꾸만 생각이 난다고, 혹시 내가 나도 모르게 힘들어서 아이들한테 스트레스를 푼 게 아닌지 걱정된다고, 차라리 회초리를 들고 종아리라도 때릴 걸 말로 상처를 줬으면 어떡하냐고 물기 가득한 음성으로 말씀하셨어.

엄마는 잠에서 깼는데도 깼다는 기척도 못하고 한참을 누워서 자는 척을 했단다. 아빠한테 너무나 미안하고 또 너희들에게도 미안해서.

애들아, 지금은 너희들이 아직 어려서 아빠가 얼마나 힘들고 고단하신지 모를 거야. 정말로 아빠가 너무 예민하게 너희들을 꾸짖는다고 생각되더라도 이해하려고 노력해 주길 바라. 그리고 뒤에서 아빠는 너희들보다 훨씬 더 마음 아파하신다는 것도 알아줬으면 좋겠다.

옛날 같으면 엄마가 슬쩍 무슨 일이 있었는지 물어보고 서로 사과를 하든 잘못을 빌든 해서 분위기를 바꾸게 했을 텐데 지금 상황이 그럴 수가 없어서 가슴 아프구나.

친구 간에도 가족 간에도 뭔가 잘못한 걸 나중에라도 깨달으면 즉시 사과하는 게 가장 현명한 대처 방법이야. 잠시 망설이다가 시간이 흐르면 새삼스럽게 사과하는 게 민망하기도 하고 자존심이 상하기도 해. 그럼 슬쩍 넘어가려고 하지.

하지만 상대방은 절대로 잊어버리지 않아. 특히 말로 받은 상처는 아주 날카로운 유리조각처럼 마음에 박혀 있다가 부지불식간에 다른 마음에 생채기를 내기도 하거든.

그러니까 남들이야 어떻든 너희들은 잘못했다고 느꼈을 때 망설이지 말고 즉시 사과하거라.

"미안해." 딱 그 말만.

"그런데 사실 그땐 너도…"라든가 "오해했나본데 내 말뜻은…" 등 사족을 붙이지 말고 그냥 담백하게 사과해. 그리고 나서 나중에 말해도 늦지 않아.

엄마는 말로 하는 게 쑥스러워서 포스트잇이나 작은 카드에 짧은 사과 글을 적어서 슬쩍 건네곤 했어. 그렇게 여러 번 하다 보니 나중엔 그럴 일도 생기질 않더구나.

엄마가 이런 말을 하는 이유는 친구에게는 물론이고 아빠한테도 '이번엔

내가 잘못했구나' 하고 반성하는 마음이 생기거든 미루지 말고 표현을 해 줬으면 해서야.

"아빠, 죄송해요. 앞으로 조심할게요."

이렇게….

아마 너희들을 혼내고서 혼자 가슴 아파하실 아빠한테 큰 위로와 힘이 될 거야. 비록 표현은 서투르서도 아빠가 얼마나 너희들을 사랑하시는지 너희들도 알고 있으리라 믿어.

무뚝뚝해서 먼저 다가가지 못하는 아빠한테 너희들이 한 걸음 다가가 줬으면 하는 엄마의 마음, 그것도 알고 있지? 승윤이랑 정윤이가 점점 자랄수록 더 아빠를 이해하고 가끔은 먼저 손도 잡아주고 그럴 거라고 엄마는 믿는단다.

# 서른두 번째 엄마의 편지

사랑하는 승윤아, 정윤아.

　아빠랑 의논한 결과 잠시 병원에 입원하기로 했어.

　가서 영양제도 맞고 나빠진 곳은 치료도 받아서 얼른 집으로 돌아올 수 있도록 엄마가 열심히 노력할게. 엄마가 없는 동안 할머니께서 와 계실 테니 특별히 불편한 건 없을 거야. 한 가지 굳이 꼽자면 이쁜 엄마 얼굴을 잠시 못 본다는 거 정도?

　엄마가 너희들에게 해 주고 싶은 말이 아직 많이 남았는데 병원에서는 아무래도 편지 쓰기가 어려울 것 같아서 생각나는 것만 몇 가지 쓰려고 해.

　너희들, 피카소를 알고 있지?

　그 피카소가 어린아이였을 때 그의 엄마가 항상 이렇게 말을 했대.

　"만약 네가 나중에 선원이 된다면 결국은 선장이 될 것이고, 정치가가 된다면 대통령이 될 것이고, 신부가 된다면 교황이 될 것이다."

　그런데 그는 예술가가 되었고 그의 이름만으로 하나의 미술 사조를 대표하게 되었으니 엄마의 말이 이루어진 거라고 봐도 무방하지.

　엄마도 그렇게 해 주고 싶었어. 너희들한테.

항상 힘내라고 큰 소리로 응원하고 누구보다도 널 믿는다고 다독여 주고 가끔 기죽어 있거나 속상해 보일 땐 너희들이 얼마나 귀하고 소중한 존재인지 알려주고 싶었어.

엄마가 아주 어렸을 때 동네 장난꾸러기들이 짓궂게 해서 다친 적이 있었어. 근데 그때 외할머니가 나타나서는 아주 큰소리로 그 애들을 혼내주셨단다. 그 순간 바라본 외할머니의 뒷모습이 어찌나 든든하던지 지금까지 살아오면서 자주 그 장면이 떠오르곤 했어. 아마도 엄마의 자존감은 그때부터 생기기 시작했던 것 같아.

너희들, 자존심과 자존감이 어떻게 다른지 알고 있니?

자존심은 세상 누구나 날 사랑했으면 하는 마음이고, 자존감은 세상 누구나 날 미워해도 내가 날 사랑하니 상관없다는 마음이야.

무슨 일을 하든 어떤 상황이든 너희들이 가장 중요하다는 사실을 항상 잊지 말아야 해. 그리고 다음으로 중요한 건 긍정적인 사고방식이지.

어둡고 축축하고 지저분한 장소와 곰팡이, 둘 중 어느 것이 먼저일까?

곰팡이가 있어서 어둡고 축축하고 지저분해진 게 아니라 어둡고 축축하고 지저분해서 곰팡이가 생긴 거야. 즉, 좋은 일만 계속 생겨서 긍정적인 사람이 되는 게 아니라 긍정적인 생각과 행동을 해야 좋은 일이 생긴다는 뜻이야.

그리고 작은 일들이 모여서 나중에 큰 결과를 만들어내는 법이지.

영국의 수상이었던 마가렛 대처가 한 유명한 말이 있어.

생각을 조심해라. 말이 된다.

말을 조심해라. 행동이 된다.

행동을 조심해라. 습관이 된다.

습관을 조심해라. 운명이 된다.

우리는 생각하는 대로 된다.


그러니까 앞으론 '난 그 일을 잘 해낼 수 없을 거야'라든가 '난 못해', '어쩔 수 없어' 이런 말은 절대 하지 말도록 해. 알았지? 말이 행동을, 행동이 습관을 만든다잖아.

앞일은 누구도 모르는 거니까 매사에 긍정적인 생각으로 '난 할 수 있어'라는 자신감을 갖고 노력하는 거야. 노력 앞에서 안 되는 일은 거의 없거든.

엄마가 늘 옆에 있다면 그때마다 지적하며 깨우쳐 줄 수 있겠지만 지금 사정이 그럴 수가 없으니 이렇게라도 자꾸 말을 하는 수밖에 없구나.

하지만 엄마가 자신 있게 너희들한테 할 수 있는 말이 있어. 엄마는 암 치료를 하는 동안 단 한 번도 무서워서 피하거나 두려워하지 않고 당당하게 맞서 싸웠다는 거.

그 모든 과정들이 너희들과 있는 시간을 하루라도 더 연장해 준다면 전혀 무서울 게 없었거든. 이번에 병원에 입원하기로 한 것도 같은 이유에서야.

물론 병이 낫든 안 낫든 결과가 중요한건 아니야. 엄마는 최선을 다해 치료를 받을 거고 결과는 하나님께 맡기되 그 결과에 대해선 무조건 순종할 거거든. 우리 승윤이랑 정윤이도 엄마랑 같은 생각일 거라고 믿는다.

그리고 한 가지 덧붙이자면,

나중에 자라면서 또는 어른이 되어서라도 엄마가 지금까지 너희들에게 해 주었던 여러 가지 이야기들과 너희들의 가치관이 반하는 상황이 올 수도 있을 거야. 그땐 어떻게 해야 하냐구?

두말하면 잔소리지. 너희들 스스로를 믿고 너희들의 판단대로 행동하는 거야. 그게 정답이란다. 너희들 인생의 주인공은 바로 너희들이 되어야 하니까.

엄마, 잘 다녀올게.

나중에 만나자.

나침반이 되어 줄게

• Part 2 •

# 엄마의 일기

식목일을 기념하여 아이들과 물잔디를 심었다.

　파란색, 노란색 두 개의 접시에 화장솜을 깔고 듬뿍 물을 적신 다음 물잔디 씨앗을 충분히 뿌려 놓았다. 누구의 잔디가 더 빨리 자라는지 시합하자며 식탁 위에 나란히 올려놓았다. 승윤이는 이렇게 메말라 보이는 씨앗들이 어떻게 싹을 틔운다는 건지 믿어지지 않는 모습이었다. 정윤이는 지난번에 심었던 봉숭아를 기억하는지 "엄마, 이 씨에서 파란 줄기가 나오는 거야?"하고 물었다.

　며칠 지나면 곧 싹이 나오고 잔디가 자라날 텐데 나까지 괜히 설레고 기대가 된다.

　흙 없이 솜 위에 물만 뿌려서 식물을 키우는 건 한 번도 해 본 적이 없어서 도대체 얼마만큼씩 물을 줘야 하나 걱정도 된다. 그리고 서로 자기 접시 위의 잔디가 빨리 자라길 바라는 두 악동들이 내가 안보는 틈을 타서 자꾸만 물을 더 주려고 하는 통에 그걸 단속하는 것도 힘들다.

　"승윤아, 정윤아. 그렇게 물을 자꾸 주면 잘 자라지 못해."

　넘쳐 나는 물을 따라 버리며 타일렀다.

"너희들도 밥을 지나치게 많이 먹으면 배탈 나서 고생하잖아. 승윤이는 자다가 일어나서 토한 적도 있지? 식물도 마찬가지야. 물이든 영양분이든 지나치게 많거나 적지 않게 적당하게 줘야 해. 그래야 아프지 않고 잘 자라지."

평소 유지해야 하는 물의 양을 가르쳐 주고 늘 그 만큼씩만 지켜서 물을 주라고 가르쳐 주었다.

과연 누구의 잔디가 먼저 모습을 드러낼까?

"나는요, 색깔이 여러 가지구요. 불면 커져요. 나는 뭘까요?"

"풍선."

"딩동 댕동."

아이들과 내가 시장에 가면서 나눈 대화이다.

요즈음 우린 수수께끼 놀이를 즐겨 하는데 나, 승윤이, 정윤이 순서대로 돌아가며 문제를 낸다. 그런데 가끔은 제법 문제다운 문제를 만들어낼 때가 있다. 위의 풍선 문제는 승윤이가 만들어낸 것이다. 물론 머릿속에 있는 생각을 미처 말로는 다 표현하지 못하는 경우도 있는데 그땐 대답하는 사람이 "힌트" 하고 외치면 단어의 첫 자를 알려주곤 한다. 예를 들면

"나는요, 키가 아주 커요. 하늘까지 닿아 있어요."

"엄마는 잘 모르겠는데… 힌트!"

"나."

"나무."

"딩동 댕동."

그리고는 엄마는 어쩜 그렇게 잘 맞추냐는 듯 흐뭇한 표정을 짓는다.

어떻게든 엄마가 정답을 맞힐 수 있도록 도와주려는 빛이 역력하다.

그리고 신통한 건 얼마 전에 양산과 우산의 차이점에 대해 알려주었더니 오늘 그 문제를 응용했다는 거다.

"나는요, 아주 더울 때 엄마들이 쓰고 다녀요. 나는 뭘까요?"

"양산."

"딩동 댕동."

딱 한 가지 오늘 맞추지 못한 문제가 있다. 정윤이가 낸 문제다.

"나는요, 엄마 건데요. 그 속에 내가 있어요. 나는 뭘까요?"

답은 '엄마 눈동자'였다.

엄마 눈동자라니… 얼마나 아름다운가.

한참 동안 가슴이 먹먹해서 감동에서 헤어 나올 수가 없었다.

그래. 엄마 눈동자 속에는 항상 너희들이 있을 거야. 언제까지나.

똘똘이 때문에 한참을 웃었다.

지난 토요일에 정윤이는 갖고 갔던 똘똘이를 깜빡 잊고 서산에 놓고 왔는데, 그날 저녁에 외할아버지랑 통화할 때 이렇게 말했었다.

"할아버지, 내 똘똘이 잘 보살펴 주세요."

그런데 오늘 저녁에 갑자기 똘똘이 생각이 났는지 나에게 물어 왔다. 두 눈을 동그랗게 뜨고.

"엄마, 혹시 외할아버지가 내 똘똘이 잡아먹었으면 어떡하지?"

순간 난 웃음이 터져서 눈물 날 때까지 입을 틀어막고 킥킥댔다. TV 뉴스 시간에 개고기에 대한 방송분이 있었는데 아마 그걸 들었나 보다. 난 정윤이의 반응이 궁금해서 짐짓 심각한 표정을 지으며 대답을 했다.

"글쎄… 사실 외할아버지가 강아지고기를 좋아하시긴 하는데."

"으앙!"

동시에 터지는 울음소리. 당황한 나는 얼른 정윤이를 달랬다.

"그런데 아마 안 잡수셨을 거야. 인형고기는 드시지 않는 걸로 알고 있거든. 엄마가 다시 외할아버지께 전화해서 여쭤볼게."

그리곤 다시 서산으로 전화하여 아빠한테 대강 상황설명을 해드리고 정윤이에게 전화기를 건네주었다.

"네. 정말 내 똘똘이 안 잡아드셨어요? 잡아먹었어요, 안 잡아먹었어요? 정말요? 네, 네, 안녕히 주무세요."

한참을 통화하더니 홀가분한 표정으로 씨익 웃는다.

"엄마, 똘똘이 안 잡아먹었대."

아이고, 귀여워라. 어떻게 그런 생각을 했을까?

오늘 같은 날이면 육아일기 쓰기를 정말 잘했다는 생각을 하게 된다. 이렇게 예쁜 이야기들을 기록해 두면 나중에 언제든지 꺼내볼 수 있겠지. 어른이 되어서 아이들이 결혼한 후에, 집에 올 때마다 한두 편씩 함께 읽으면서 과거를 회상하는 것도 참 재미있을 것 같다.

이번 주에 똘똘이를 데리러 서산에 다녀와야겠다.

승윤이를 마중 가는 길에 정윤이가 뱀딸기를 발견했다.

　엄지손톱만한 크기의 선홍색 뱀딸기가 큰 나무그늘 밑에 제법 주렁주렁 달려 있었다. 내가 뱀딸기라고 이름을 말해 주었더니 진짜로 뱀이 이 딸기를 먹느냐고 정윤이가 물었다.

　"그럼~ 그래서 옛날 사람들은 뱀을 잡고 싶으면 이 뱀딸기 옆에서 기다렸대. 뱀이 딸기 먹으려고 어슬렁어슬렁 나타나면 콱 잡았다는구나."

　정윤이가 긴장이 되는지 입술을 지그시 깨물더니 뱀이 올 때까지 기다려 보잔다. 승윤이의 학원 버스가 도착할 시간이 가까웠기 때문에 이따가 형이랑 함께 돌아오는 길에 다시 오자고 설득하여 그 자리를 떴다. 승윤이가 버스에서 내리자마자 정윤이는 뱀딸기 얘기를 하며 제 형의 손을 잡아끌었고, 승윤이 역시 처음 듣는 얘기인지라 호기심이 동하여 뛰다시피 걸었다. 그래서 다시 도착한 그 곳.

　우리 셋은 쪼그리고 앉아 뱀딸기를 구경하며 언제쯤 뱀이 나타날까 기대하며 기다렸다. 다리도 아프고 햇빛도 눈부시고 해서 빨리 집에 오고 싶었지만 아이들은 도무지 움직일 생각을 하지 않았다. 그때, 기막힌 아이디어 하나가 내 머리를 스쳐갔다.

"얘들아, 엄마가 깜빡 잊고 말을 하지 않은 게 있다. 생각해 보니 뱀은 사람들이 다니지 않는 밤에만 나타난대. 안 그러면 지렁이처럼 밟힐지도 모르잖니."

비가 올 때마다 지렁이들이 무참하게 밟힌 걸 봤던 두 아이들은 그제야 이해한다는 듯 걸음을 옮겼고 난 드디어 집으로 올 수 있었다. 오늘도 우리 늠름한 아들들… 파이팅!

<h1 style="text-align:center">#1.</h1>

"엄마, 도토리 모자를 벗기면 왜 안 될까?"

느닷없는 승윤이의 질문에 한참을 생각해 봤지만 마땅한 대답이 영 떠오르지 않았다.

"글쎄, 모르겠는데… 왜 안 돼?"

"까까머리라고 친구들이 놀려댈까 봐."

도토리들이 집단으로 까까머리가 된 장면들을 상상하니 웃음이 터져 나왔다.

"터전 선생님이 알려 주셨니?"

"아니."

"그럼 친구들이 말해 주었구나?"

"아냐. 책에서 읽었어. 『엄마가 들려주는 사랑의 동시』."

세상에… 읽어 주겠다고 책꽂이에 꽂아 놓고는 까맣게 잊어버리고 있었던 책인데 어느새 꺼내어 읽어 보았나 보다. 이렇게 기특할 수가.

## #2.

"정윤아, 어서 장난감 정리해."

"…"

들은 척 만 척, 계속 딴 짓 중.

"이제 다섯 살 된 정윤아, 정리해야지."

"네, 엄마."

요즘 흔히 볼 수 있는 풍경이다. 장난치고 말을 안 듣기로 유명한 유아 사춘기에 접어든 정윤이가 다섯 살 생일을 지낸 후부턴 '다섯 살'만 강조하면 무조건 "네, 엄마"다.

부지런히 장난감을 상자에 정리하고 나서 내게 달려와 하는 말.

"엄마, 나 다섯 살 되니까 아주 말 잘 듣지? 엉아 같지?"


## #3.

샤워를 마치고 로션을 바르며 "어머, 이제 나도 많이 늙었네."

하고 혼잣말을 중얼거렸다. 승윤이가 그 말을 들었는지 쪼르르 달려와 내 얼굴을 들여다보더니 말을 했다.

"엄마, 엄마 얼굴이 얼마나 예쁜데…"

"이것 좀 봐. 배도 이렇게 나왔는데?"

"아냐, 엄만 배도 예뻐."

"화장을 안 하면 이렇게 점도 많은데?"

"엄마는 화장 안 해도 얼마나 예쁜지 몰라."

흐뭇했다. 승윤이를 꼭 껴안으며 생각했다. 누가 뭐라 하든 우리 집의 세 남자만 나를 예쁘다고 해 주면 되는 거라고. 얼마나 행복한지 모르겠다.

"엄마, 엄마는 아무것도 안 해도 정말 예뻐."

연신 쫑알거리며 뺨을 부벼대는 승윤이를 더욱 꼭 안아 주었다.


# #4.

황소를 흉내 내다가 배가 터진 개구리 이야기를 심각하게 들은 뒤 정윤이가 말했다.

"엄마, 그 개구리는 하나님이 주신 모습을 싫어했기 때문에 그렇게 된 거지? 그냥 주신 모습을 좋아하며 살았다면 죽지 않았을 텐데 바보 같은 욕심을 왜 부렸을까?"

순간 무언가 육중한 걸로 뒤통수를 맞은 것 같았다. 난 단 한 번도 그렇게까지는 생각해 본 적이 없었기 때문이다.

"그렇구나. 정윤이 생각이 맞는 것 같다. 차라리 더 똑똑한 개구리, 더 높이 뛸 줄 아는 개구리, 아니면 파리를 가장 빨리 잡을 줄 아는 개구리 등을 목표로 했더라면 좋았을 텐데 말이야. 우리 정윤이는 할 수 있는 것과 할 수 없는 것에 대해 구별할 수 있겠지? 할 수 있는 것 중에서 최선을 다하는 게 더 중요한 거 같구나."

잠들기 전까지 아이들과 이 주제에 대해 많은 이야기를 주고받았다. 아직 어려서 이해하지 못하는 부분이 많이 있겠지만 차차 자라면 가르쳐 줘야지.

너희들이 어떤 모습을 하더라도 엄마랑 아빠는 너희들을 사랑할 것이고, 하나님께선 누구에게나 그 사람에게 맞는 달란트를 주시는 분이니 열심히 찾고 노력한다면 틀림없이 좋은 결과가 따라올 거라고 말이다.

# #5.

남편이 저녁마다 바르는 노란 연고갑.

늘 안방 화장대 위에 놓아두지만 정윤이는 언제나 그걸 거실 책장 구석에 옮겨다 놓는다. 오늘도 저녁에 이리 저리 연고를 찾아 헤매던 남편이 결국은 또 거실에서 약을 발견했고, 그림책을 보고 있던 정윤이에게 엄한 목소리로 물었다.

"정윤아, 왜 자꾸 아빠 약을 여기로 옮겨다 놓지? 개미처럼 요 책장 안에 이것저것 갖다 놓는 이유가 뭐야?"

무심히 아빠를 올려다보더니 다시 시선을 그림책으로 떨어뜨리며 뚱한 목소리로 한 마디 한다.

"개미가 되려고."

말문이 막힌 남편은 기가 막혀 그대로 서 있다가 방으로 들어갔고 난 웃음이 나와서 얼른 그 자리를 피했다.

KO 승, 우리 정윤이.

정윤이가 요즘 새로운 방법으로 장난을 치기 시작했다.

한참 재미있게 놀고 있을 때 목욕하자거나 밥을 먹으라고 하면 전에는 징징거렸는데 요즘엔 정색을 하고 이렇게 말한다.

"뭐라구요? 아줌마? 뭐라고 그러셨어요?"

처음에 그 말을 들었을 때의 황당함이라니. 요즘엔 터전에 데리러 갔을 때도 그런다.

"아줌마, 벌써 오셨어요?"

정윤이는 터전을 너무나 좋아해서 집에 가는 시간이 아주 싫은 모양이다. 또래의 친구들이 눈을 동그랗게 뜨고 "정윤아, 너네 엄마잖아." 하고 말하면

"아냐, 아줌마야." 이렇게 대답을 하곤 깔깔거리며 도망간다.

그리고 입구에서 신을 신기려고 하면

"앗, 엄마. 신발을 저쪽에 놓고 왔는데 어떡하지?"

하지만 등 뒤로 감춘 손에 신발은 늘 쥐어져 있다.

"등 뒤에 있는 손, 이리 앞으로 내봐 봐."

하면 아직 어린 아이인지라 손을 바꿀 줄도 모르고 순순히 신발이 들려 있는 손을 내민다. 그리고는 깔깔거리며 웃는다.

언젠가 감동적으로 보았던 스필버그의 'A.I'라는 영화를 보면 먼 미래 세상에서는 카메라도 필요 없고 머리에 대기만 하면 기억들이 마치 영화처럼 펼쳐져서 제3자도 함께 볼 수 있는 장치가 나온다. 정지된 사진이나 작정하고 찍어야하는 캠코더와 달리 나 자신이 기억조차 하지 못하는 장면들을 그렇게 되살릴 수 있다면 얼마나 좋을까.

아무리 글로 남기려고 노력을 해도 순간순간 스쳐 지나가는 귀엽고 예쁜 장면들은 놓칠 수밖에 없을 것 같다. 매일 보는 일상적인 모습인데도 난 왜 매번 감동하고, 마치 오늘이 마지막 날인 것처럼 행복한데도 가슴이 저려 오는 건지.

하나하나 기억 속에 담아 두어야지.

"엄마, 엄마는 날 얼마만큼 사랑한다고 했지?"

"하늘만큼 땅만큼."

"으응, 땅콩만큼?" 까르르 웃는 승윤.

"아니, 하늘만큼 땅만큼 사랑한다구."

"으응, 땅콩만큼 사랑한다구? 알겠어."

화난 표정을 짓더니 못 참겠다는 듯 또 웃음을 터뜨리는 승윤이를 보며 무한한 행복을 느낀다. 엄마가 얼마만큼 널 사랑하는지 알게 될 때까지 간지럽힐 거라며 승윤이의 겨드랑이를 집중적으로 간질이자 온몸을 비틀며 달아나려 한다.

그러더니 "잠깐만 엄마" 하고 휴전을 제안했다.

그리곤 자못 심각한 표정으로

"난 엄마가 날 사랑하는 만큼 엄마를 사랑하지 않아."

라고 말하는 것이 아닌가. 여섯 살짜리 남자애의 입에서 나온 말이라고 하기엔 너무나 충격적이었으므로 난 멍한 표정으로 "왜?"라고 바보 같은 질문을 하고 말았다.

"왜냐면 난 엄마가 날 사랑하는 것보다 훨씬, 훨씬 더 많이 엄마를 사랑하거든. 깔깔" 그러면서 내 목에 매달려 응석을 부린다.

휴우, 이유 모를 안도감을 느끼며 진한 감동을 가슴으로 한껏 받아들였다. 도대체 승윤이는 어떻게 그런 표현들을 생각해내는 것일까? 아직 아기 같은 면이 많은데도 가끔은 어른보다도 더 감정표현이 뛰어나다.

그렇단 말이지? 엄마가 널 사랑하는 것보다 훨씬, 훨씬 더 많이 엄마를 사랑한단 말이지? 고맙다. 승윤아.

한동안 잠잠하던 정윤이의 탐험정신이 다시 활발해졌다.

밖에만 나가면 무대포로 여기저기 돌아다니려고 한다. 승윤이의 마중길이나 함께 시장가는 길이 점점 힘들어져서 오늘은 꾀를 하나 내었다.

우리가 다니는 길목에는 동네 할머니들이 모여서 윷놀이를 하시는 정자가 하나 있는데, 언제나 만원이라 사람들로 북적이곤 한다. 지나갈 때마다 '따닥 따다닥' 하는 윷소리가 할머니들의 왁자한 웃음소리와 함께 어우러지는데, 둥글게 모여 앉아서 그런지 윷판이나 가운데 있을 말판은 보이지 않는다. 오늘은 그곳을 지나면서 의도적으로 정윤이에게 말을 했다.

"정윤아, 저 할머니들이 뭐하고 계신지 아니? 엄마 말 안 듣는 아이를 엎어놓고 하루 종일 때리는 거야. 어머, 또 막대기로 때리는 소리가 나네. 저 무서운 할머니들은 애들 버릇 가르치느라고 그런다는데 열 밤이나 애를 집에 안 보낸대."

순간 내 손을 잡고 있던 정윤이의 손가락에 힘이 꼭 주어지더니 긴장된 모습으로 걸음을 재촉했다. 시장에 다녀오기까지 한 번도 내 주위를 벗어나지 않고 아주 착한 아이인양 말도 잘 들었다. 잔뜩 긴장한 정윤이는 뛰

다시피 걸었고 영문을 몰라 의아해하는 승윤이에게 상황을 조그맣게 설명해주었다. 승윤이는 날 보며 눈을 찡긋하더니 한 술 더 떠 동생에게 이렇게 말했다.

"내 친구 동생도 저 할머니들한테 맞았는데 엄청 아팠다고 하더라."

괜히 할머니들을 악역으로 몰아 세웠지만 덕분에 당분간은 정윤이와의 외출이 편해질 것 같다.

승윤이가 아빠와 함께 레고를 조립하는 동안 정윤이랑 마트에 다녀왔다.

가을 날씨가 완연해서 바람이 무척 상쾌했는데 정윤이가 나무 한 그루를 가리키며 물었다.

"엄마, 저 나무는 왜 저래?"

비탈길에 심겨진 나무 하나가 많이 기울어서 마치 쓰러질 것 같은 모습으로 서 있었다.

"졸려서 그런가 봐. 정윤이는 나무들이 잘 때 어떻게 자는지 아니?"

"서서 자지. 나무는 다리가 아파도 꾹 참아."

"맞아, 서서 자. 그런데 저 나무는 누워서 자고 싶은가 봐."

"엄마, 다리 아파요."

"정윤이도 나무처럼 꾹 참을 수 있지?"

"아니, 난 애기잖아. 애기들은 다리 아프면 엄마한테 업어달라고 하는 거야."

결국 난 장바구니를 어깨에 메고 정윤이를 양 팔로 안아서 집에 왔다.

저녁엔 승윤이랑 낮에 사 둔 폭죽 10개(박쥐탄, 팽이탄, 분수탄 등)를 챙겨 들고 귀찮아하는 남편과 정윤이를 데리고 놀이터에 갔다. '삐육 삐육' 괴상한 소리를 내며 밤하늘을 수놓는 가지각색의 불꽃놀이를 지켜보며 우리들끼리 추석연휴의 마지막 날을 축하했다. 상기된 표정으로 새로운 모습의 불꽃놀이를 열심히 지켜보던 승윤이가 집으로 돌아오면서 말했다.

"엄마, 난 오늘 우리가 한 불꽃놀이를 영원히 잊지 못할 거야."

녀석… 영원이란 말의 뜻을 알기나 할까.

하지만 나 역시 그러고 싶었다. 오늘 우리가 함께 한 즐거웠던 순간들을 꼭꼭 담아 두어야지. 마음속에 반짝거리는 보물들을 차곡차곡 쌓아 놓는 기분이다.

아침마다 정윤이와 이부자리 위에서 10분 대화를 하며 잠을 깨운다. 총알처럼 일어나는 승윤이와는 달리 잠의 여운을 즐기는 정윤이를 깨우는 데는 약간 다른 방법을 써야 하기 때문이다. 우선 도저히 잠을 이어갈 수 없을 만큼 머리부터 발끝까지 강력한 뽀뽀를 해 주고 적당한 세기로 뺨을 만지며 "사랑해" 하고 속삭인다. 두 무릎을 주물러가며 아이의 기지개를 유도한 뒤 묻는다.

"정윤아, 나중에 커서 걱정거리가 생기면 누구한테 말해야 하지?"

"엄마."

"기쁜 일은 물론이고 안 좋은 일이 생겨도 누구한테 말해야 할까?"

"엄마, 아빠, 또… 형아."

"그렇지. 정윤이가 어른이 되어도 엄마랑 아빠한테는 비밀이 없어야 해. 무슨 일이라 하더라도 엄마랑 아빠는 네 편이니까 말이야. 원래 가족은 함께 믿고 도우며 살아가는 거란다."

그러면 가끔 이렇게 묻곤 한다.

"대전 할머니한테는 얘기하면 안 돼?"

"좋은 일은 말씀드려도 되지만 안 좋은 일은 엄마랑 아빠한테만 말하는 게 좋아. 왜냐하면 할머니는 연세가 많으셔서 지나치게 걱정을 하실 수 있거든. 할아버지나 할머니께는 기쁘고 좋은 것만 말씀드려야 오래오래 사실 수 있는 거야."

"엄마, 나 오늘 무슨 요일인지 안다."

여기까지 대화가 진행되면 잠이 거의 깼다는 증거다.

언제나 비슷한 대화가 오가고 가끔은 머리를 감싸 안고 감사기도를 드리며 "아멘"으로 끝이 나지만 나에겐 이 시간이 더할 나위 없이 행복하다.

물론 이 장면이 부러운 승윤이가 자기한테도 똑같이 해 달라고 말똥말똥한 눈으로 누운 채 날 기다리는 걸 보는 것도 또 다른 즐거움이고 말이다.

"정윤아, 『재미있는 세계 여행』 책 빨리 치워."

아빠의 계속되는 잔소리를 듣기 싫었는지 정윤이는 아예 작은 방으로 숨어 버렸다.

남편이 정윤이를 따라 가더니 엄한 목소리로 한마디 했다.

"너 이렇게 아빠 말 안 들으면 혼난다."

그랬더니 빤히 아빠를 올려보며 대답한다.

"아빠는 나 혼내는 게 무슨 힘인 줄 알아?"

언젠가 했던 말을 똑같이 하더니 덧붙이기까지 했다.

"아빠, 그건 힘이 아니야, 나쁜 사람들이 하는 거야."

남편의 어이없는 표정을 뒤로 하고 서둘러 아이를 구슬려 정리를 한 뒤 잠자리에 뉘였다. 빨리 재우려고 토닥토닥 몸을 다독여 주었는데 정윤이가 갑자기 질문을 했다.

"엄마, 엄마는 내가 착하고 예뻐서 사랑해?"

"아니, 엄마는 정윤이가 나쁘고 미워도 사랑해."

"왜?"

"엄마 뱃속에서 나온 엄마 아들이니까 엄마는 정윤이를 무조건 사랑해. 하지만 착하고 말을 잘 들으면 엄마가 더 편하긴 하지."

"엄마, 나 다섯 살 때는 어땠어?"

"정윤이 다섯 살 때는 말을 너무 안 들어서 엄마가 조금 힘이 들었지만 여섯 살이 되고 나선 뭐든지 알아서 하니까 엄마가 너무 좋아. 정윤이가 더 고맙구."

기분이 좋은지 어깨를 으쓱하면서 씨익 웃는다. 그리곤 양미간을 찌푸리며 속삭인다.

"엄마, 어른들이 아이들을 혼내는 건 더 예뻐지라고 그러는 거지?"

"그러엄, 더 착하고 예쁜 아이가 되라고 그러는 거지."

그리곤 잠이 들었다. 둘째라서 그런지 하루 종일 종알종알 정말 말이 많다. 그런데 그게 오히려 나에겐 신선한 비타민이 되는 걸 보면 정말 부모자식간의 관계라는 게 참 신기하다.

교회에서 집으로 오는 길에 놀이터에 들렀다.

승윤이랑 정윤이랑 그네도 타고 미끄럼틀도 타고 모래놀이도 했는데, 바람이 불 때마다 노란 낙엽들이 우수수 떨어지는 풍경이 몹시도 아름다웠다. 승윤이는 정글짐에서 여러 가지 포즈를 취하며 사진을 찍어 달라고 했다. 근데 카메라가 없어서 양 손가락으로 네모형태를 만들어 찍는 시늉만 했다.

"하나, 두울, 셋, 찰칵."

입으로 소리를 내면 능청스레 포즈를 취하던 승윤이가 한마디 한다.

"엄마, 그 카메라는 참 좋다. 필름이 없어도 되고 갖고 다니기도 편하고. 그런데 사진은 언제쯤 나올까?"

"그러게… 나중에 나오겠지."

내일은 카메라를 갖고 나와서 정식으로 찍어 줘야겠다. 집으로 돌아오는 길에 승윤이가 "이제 우리 식구가 11명"이라는 말을 해서 깜짝 놀라 돌아보니 또 돌멩이에 조개껍질까지 손에 쥐고 있었다. 강아지를 키우고 싶다는 아이들의 바람에 똥 치우고 목욕시키는 게 힘들어서 안 된다고 했더니 언제부턴가 승윤이는 작은 돌들을 모으기 시작했다. 마치 강아지 돌보듯이 매일 비누로 씻기고 어루만지며 돌들을 예뻐한다. 처음엔 말렸지만

"이건 똥도 안 싸고 냄새도 안 나잖아. 엄마가 강아지를 못 키우게 하니까 돌이라도 키울 거야."

하는 수 없이 너무 많이 모으지 않는 조건으로 내버려두었는데 오늘까지 모은 게 도합 일곱 개. 작은 상자라도 마련해 주어야겠다. 문제는 정윤이. 형이 하는 거라면 무조건 따라 하려고 하기 때문에 돌 수집하는 것까지 흉내를 낸다. 하지만 그 이후의 관리는 이루어지지 않으므로 정윤이의 돌들은 내가 가끔씩 슬그머니 버리고 있다.

흰 머리카락을 뽑았다.

중학교 때부터 흰 머리카락이 몇 개씩 보이기는 했지만 그냥 새치려니 하고 생각해왔는데 요즘 들어 부쩍 흰 머리카락이 많아졌다. 어딜 들춰 봐도 대여섯 개씩 보인다.

승윤이가 책을 읽는 동안 욕실에 서서 10여 개를 뽑고 나니 눈이 피로하고 어깨가 결려서 더 이상 뽑을 수가 없었다. 그 때 눈에 띈 정윤이.

뭐 재미있는 일이 없을까 또릿또릿 눈망울을 굴리던 정윤이와 시선이 부딪치는 순간 기막힌 계획이 떠올랐다.

잠시 후 난 정윤이방에 엎드려 정윤이가 쏙쏙 뽑아 주는 흰 머리카락을 세고 있었다.

"엄마, 엄마는 누워서 편히 쉬어. 내가 흰 머리카락은 모두 뽑아 줄게."

앙증맞은 손으로 얼마나 잘 추려서 뽑는지 검은 머리카락은 한 개도 건드리지 않고 잘도 뽑았다.

옛날에 친정엄마는 누워 계시고 머리맡에서 흰 머리카락 한 개당 10원씩 경쟁해 가며 언니들이랑 뽑았던 기억이 현재의 내 모습과 오버랩되며 세월의 무상함이 느껴졌다.

뭔가 더 차지하겠다고 아등바등 산다는 건 얼마나 어리석은 일일까.

이렇게 시간이 쏜살같이 지나가 버리는 것을.

한참 후 남편이 돌아오는 바람에 서둘러 일어나 보았다. 근데 아뿔싸.

역시 정윤이는 특별한 아이였다.

한편에 감추듯 쌓아 놓은 검은 머리카락 더미… 물론 실수로 뽑은 거겠지만 그건 제 등 뒤에 살짝 모아 놓고 내 눈 앞엔 계속 하얀 머리카락만 올려놓곤 했던 것이었다.

"엄마, 자꾸만 까만 머리카락도 뽑히려고 해."

그제야 얼굴을 붉히며 미안한 듯 말을 하는 정윤.

아! 왠지 뽑히는 느낌이 다르더라니.

## #1.

오후 간식으로 찐빵과 우유 한 잔씩을 작은 다과상에 놓아 주고 돌아서는데 '픽석' 하고 귀에 익은 소리가 들렸다. 마음을 가라앉히려 호흡을 잠시 가다듬고 뒤돌아보니 아니나 다를까 정윤이가 또 우유잔을 엎어 버렸다.

'화내지 말아야지.' 속으로 주문을 외며 휴지와 걸레로 우유를 닦아 내는데 내 의지와는 상관없이 입에서 조그맣게 새어나오는 말.

"으이그, 내가 못 살아."

그 소리를 들었는지 정윤이가 다가와 당당하게 한마디 한다.

"엄마, 그런 말은 나쁜 말이야. 다음부터는 '으이그, 내가 잘 살아' 하고 말해. 알았지?"

기가 막혀 피식 웃음이 나왔지만 정윤이의 말이 맞는 것 같다. 말이 씨가 된다는데 이왕이면 좋은 말, 축복의 말만 골라 해야지 왜 나쁜 말을 했을까. 모든 식물은 심겨진 씨앗의 종류와 질대로 열매를 맺는다고 했다. 좋은 씨앗은 좋은 열매를, 나쁜 씨앗은 나쁜 열매를… 다음부터는 아이들 앞에서 조심해야지.

오늘은 정윤이 네가 엄마의 선생님이구나.




## #2.

병원에 다녀온 승윤이가 약을 먹고 잠시 낮잠을 잤다.

자는 동안 식탁에 있는 꽃이 약간 시들었기에 좀 다듬고 줄기도 약간씩 잘라 내어 다시 꽃병에 담았는데, 꽂고 보니 키가 확연히 낮아져 있었다.

잠시 후 잠에서 깨어난 승윤이가 꽃을 보더니 외쳤다.

"엄마, 누가 꽃 머리 잘랐어?"

또 감기다.

승윤이는 마른 편이지만 지금까지 잔병치레는 별로 없었는다. 그런데 이상하게 이사 온 후로 감기에 자주 걸린다. 낮에는 멀쩡하다가도 밤만 되면 기침에 열까지…

그렇잖아도 밤마다 남편의 핀잔을 들어가며 두세 번씩 일어나서 애들 살펴보는 게 습관이 된 나인데도 어젠 거의 한숨도 자지 못했다.

아침에 덥다며 칭얼대는 승윤이의 체온을 재보니 38.2도. 병원에 데려가야 했다.

전에는 몰랐다. 아이들을 키운다는 게 늘 기쁘고 재미있는 것만이 아니라 가슴 졸이거나 안타까운 일을 많이 겪어야 하는 일이라는 것을. 자식을 낳아 보지 않은 사람은 평생 동안 부모의 심정을 알 수 없다는 옛말, 전에는 이해하기 어려웠지만 이제는 조금씩 알 것 같다. 승윤이가 콜록 콜록 안쓰럽게 기침을 하는 모습을 보면 내 가슴이 덩달아 요동을 친다. 차라리 내가 대신 아팠으면 하는 생각이 간절하게 들면서 말이다. 우리 엄마도 날 이렇게 정성들여 길러주셨겠지. 어머님께서도 남편을 이렇게 애태우며 키우셨을 거야. 아이들을 물끄러미 바라보노라면 양쪽 어른들께 눈물나도록 고마움을 느끼게 된다. 세상 어느 것보다 더 귀하고 중요한 것은 부모님들께 드려야지 생각했다. 세상적인 것들, 물질이나 명예 등은 남보다 좀 늦게 갖더라도 부모님들이 살아계실 때 후회 없이 섬겨야겠다.

승윤아, 정윤아. 고맙다. 태어나 줘서.

승윤이가 부쩍 글자공부에 열심이다. 난 가능하면 천천히 가르치고 싶은데 하루 종일 스케치북과 색연필을 끼고 다닌다.

　"엄마, '난 박사 아니에요' 써 줘."

　잠시만 쉬고 있는 낌새가 보이면, 아니 설거지 중이라도 내 옆에 와서 날 올려다보며 졸라댄다. 컴퓨터 앞에 있는 남편에게 대신 써 달라고 부탁이라도 하면 영리한(?) 남편은 큰 소리로 외친다.

　"승윤아, 아빠는 글씨 못 써. 책도 못 읽어."

　라고….

　한 번 발목 잡히면 한동안 계속 시달릴 걸 간파한 남편의 약은 꾀가 얄밉지만 어쩌랴.

　"봐, 아빠는 글씨 못 쓴대. 엄마가 써 줘."

　혀 짧은 아기발음을 들으면 절로 웃음이 피식.

　얼른 손의 물기를 닦고 승윤이가 부르는 대로 스케치북에 가득 글씨를 쓴다.

　'나는 박사 아니에요, 나는 남자예요, 할머니, 할아버지, 소방관이 될래요, 경찰관, 축구…' 등등.

그러면 한 시간 정도는 잠잠해진다. 스케치북을 펴놓고 색연필로 가리키며 복습을 하는가 보다. 그러다 싫증이 나면 또 다시 거실 가득 퍼즐을 펼쳐 놓고 맞추기 시작하고 또 싫증이 나면 그림책을 꺼내어 큰 소리로 꾸며내어 읽는다. 이때쯤이면 정윤이도 함께 가세하여 목청을 드높인다. 피노키오가 어쩌구, 헨젤과 그레텔이 어쩌구, 호랑이와 사냥꾼이 어쩌구… 들고 있는 건 달랑 그림책 한 권인데 알고 있는 캐릭터들이 총동원된다. 저런 모습이 언제까지 계속될까?

평생 동안 저렇게 학구적이면 얼마나 좋을까마는 대부분의 아이들이 저 단계를 거치는 거겠지? 승윤이 또래의 아이엄마들이 한결같이 착각하는 게 자기 아이가 영재 같다는 생각을 하는 거라던데… 오늘도 가슴에 손을 얹고 되뇌어 본다.

저건 평범한 성장과정이야. 누구나 저 나이 때는 비범해 보이고 영특해 보인다고 했어.

특히 아이의 부모 눈에는.

이번 크리스마스에는 눈이 올까?

오늘 낮에 있었던 작은 해프닝을 생각하면 아직도 저절로 웃음이 난다.

승윤이랑 정윤이랑 점심을 먹고 산책할 때였다. 전날 저녁에 함께 본 영화 '34번가의 기적'에서 잘 이해가 안 되는 부분이 있었는지 승윤이가 질문을 했다. 왜 산타할아버지는 루돌프만 따로 데리고 다녔는지, 다른 사슴들은 그때 어디에 있었는지.

"우리가 가족이라고는 해도 항상 네 명이 함께 있을 수는 없잖아. 지금도 봐. 아빠는 일하러 가시고 우리 셋은 따로 있지만 내년부터는 너희들 둘이 유치원에 가면 그땐 또 엄마하고도 따로 있어야 하는 시간이 생기지. 루돌프랑 다른 사슴들도 그런 거야. 함께 있을 수도 있고 무슨 일로 잠시 떨어져 있을 수도 있는 거란다."

그러고는 금방 이번 크리스마스에는 뭘 할까 서로 얘기하며 걷고 있었는데 갑자기 승윤이가 소리쳤다.

"엄마, 저기 루돌프가 있어."

얼른 가리키는 곳을 보니 겨울나무 몇 그루와 드문드문 지나가는 사람들 모습만 보일 뿐이었다. 어디에 있느냐는 표정으로 다시 승윤이를 쳐다 보니 발갛게 상기된 얼굴로 다시 소리친다.

"저기 저 큰 나무 뒤로 금방 숨어 버렸는데 틀림없이 루돌프였어. 우리 빨리 저기로 가서 찾아 봐."

정윤이도 덩달아 흥분했다. 아이들의 손에 이끌려 반대편으로 뛰다시피 걸으면서도 난 당연히 아무런 감흥이 없었다. 루돌프가 있을 리 없다는 걸 알고 있으니까.

도착한 장소에서 온갖 나무며 놀이기구 뒤를 샅샅이 찾아 보는 시늉을 한 뒤 루돌프가 도망갔나 보다고 말해 주었다. 하지만 승윤이는 반짝이는 두 눈에 절실함을 가득 담은 채 애원했다.

"엄마, 우리 큰 소리로 루돌프를 불러 봐요. 어쩌면 숨어 있다가 나올지 도 모르잖아요."

뭔가 부탁할 때마다 존댓말을 하는 승윤.

잠시 난처했지만 사람들은 우리가 진짜 루돌프를 부를 거라고는 상상하 지 못할 것이고, 관심을 가져 봐야 기르는 애완견 이름이 루돌프인가 보다 추측하는 게 고작일 거라는 데까지 생각이 미치자 나도 대담해졌다.

"루돌프."

"루돌프."

"어디 있니?"

"우린 너의 친구야, 이리 나와 봐. 루돌프."

손나팔을 불며 이십 분 이상을 그렇게 헤매었던 것 같다.

귀엽게도 지나가던 중학생 소녀 세 명도 우리 대열에 자연스레 합류하여 여섯 명이 함께 루돌프를 외치며 공원 구석구석을 누볐다. 얼굴은 겨울 찬 바람에 얼어 버렸고 장갑을 낀 손가락 끝도 시려왔지만 도무지 이 일을 어떻게 매듭지어야 할지 난감했다. 그런데 그때 지나가던 한 중년 여자분이 개를 찾느냐고 물어보기에 아이들 몰래 간단히 상황을 설명했더니 단 한마디로 우리 모두에게 엔딩을 선사하셨다.

"얘들아, 너희들 아직도 루돌프 찾고 있니? 루돌프는 아까 여기에서 우리 유치원에 잠깐 들렀다가 풀만 한 접시 먹고 다시 가 버렸는데… 에이그, 진작 말해 줄걸."

그때 아이들의 표정이란… 세상이 무너지는 듯한 실망감이 얼굴에 잠깐 나타나는가 싶더니 금방 화색이 돌았다.

"그런데요, 루돌프 목에 방울이 달려 있었나요?"

"자세히는 못 봤는데 딸랑딸랑 소리가 들렸으니 틀림없이 방울이 있었던 것 같아."

그 소리를 듣고 나서야 아이들이 집으로 발길을 돌렸다.

사슴 루돌프인 걸 알고도 함께 찾아주는 척 도와준 여중생들, 알고 보니 진짜 유치원 원장님이셨던 중년 여자분. 모두들 생각할수록 고맙다.

세상은 이런 사람들이 있어서 더 아름다운 것 같다.

"그런데 아까 방울이 있었는지는 왜 물었어?"

"응, 방울에서 떨어진 반짝이를 하나 주웠거든. 보여 줄까?"

조심스레 손을 펼치니 초록색의 반짝이는 스팽글 한 개가 손바닥 위에 놓여 있었다.

피식, 웃음이 나오려는 걸 참고 비어 있는 작은 종이상자를 찾아 승윤이에게 건네주었다.

"여기에 보관하고 있다가 루돌프를 다시 만나게 되면 돌려주자."

난 아직도 궁금하다.

승윤이는 정말 루돌프를 보았을까? 아니 봤다고 착각한 걸까? 평소에 흥이 많은 정윤이가 그랬다면 그냥 장난이려니 하겠지만 항상 진지모드인 승윤이가 그러니까 다시 한번 생각하게 된다.

솔직히 나도 산타랑 루돌프가 있었으면 좋겠다.

어쩌면 진짜로 있을 수도 있지 않을까?

감기에 안 걸린다고 기특해했던 승윤이가 결국 심한 기침을 시작했다.

어젯밤엔 얼마나 기침을 해대는지 안쓰러워서 어찌할 바를 몰랐다. 녀석은 감기에 걸리자 안 하던 응석을 부리고 안아 달라고도 한다. 그런데 정윤이는 형이 안 하던 행동을 하는 게 영 마땅찮은 기색이다. 기침을 해대는 승윤이가 실내에서 추울까 봐 조끼를 덧입으라고 건네주면

"아, 갑자기 춥다. 왜 이렇게 춥지?"

하며 날 쳐다본다. 평소엔 반팔로 다니는 아이가 말이다.

별걸 다 샘낸다 싶으면서도 얼른 정윤이에게도 조끼를 입혀주지만 채 1분도 안되어 슬그머니 거실 구석에 벗어 던진다.

그리고는 낮고 굵은 목소리로

"엄마, 내 목소리가 왜 이런지 알아?"

"몰라."

"감기 들어서 그래. 쿨럭 쿨럭(억지로 짜내는)."

그리고는 조금 있다가 다시 한 번 억지 기침을 하고는

"엄마, 내가 왜 이런지 알아?"

"추워서?"

"…"

잠시 아무 말없이 있더니 한마디 한다.

"몰라, 라고 해야지."

하는 수 없이 정윤이가 시키는 대로 "몰라" 했더니

"감기 들어서 그래. 몰랐어?"


어휴. 감기 든 게 뭐 그리 벼슬하는 거라고 저렇게 안달을 하나 싶으면서도 샘내는 모습이 귀엽다. 밤에 잘 때도 모처럼 승윤이 옆에 누워서 토닥여 줄라 치면 기어이 용을 쓰며 승윤이와 내 사이에 비집고 들어와서 형이랑 싸우고 만다. 평소엔 늘 동생에게 양보만 하던 승윤이도 감기에 걸린 때만큼은 그 기세가 하늘을 찌를 정도다.

두 아들 사이에서 엄마는 힘들다.

하나님. 빨리 감기 낫게 해 주세요.

## #1.

승윤이가 감기약을 먹으면서 무슨 약이 이렇게 쓰냐며 인상을 찌푸리자 옆에서 장난감을 갖고 놀고 있던 정윤이가 다가오더니 큰 목소리로 말했다.

"몸에 좋은 약은 입에 쓰다."

아마 터전에서 배운 속담 같은데 이렇게 이 상황에 딱 맞는 걸 생각해 냈는지 기특하고 신기하기까지 했다. 내가 깜짝 놀라면서 칭찬해 주자 정윤이가 말했다.

"엄마, 속담 좋아해? 엄마가 좋아하는 거 또 아는 거 있는데, 가르쳐 줄까?"

"그거 말고 또 있어? 그럼 알려줘."

"코에 걸면 코걸이, 귀에 걸면 귀걸이."

"바늘 도둑이 소도둑 된다."

"하룻강아지 범 무서운 줄 모른다."

몇 개의 속담을 줄줄 외워대던 정윤이가 드디어 밑천이 떨어졌나 보다. 한참을 생각하더니 다시 큰 목소리로 외치듯 말했다.

"팔에 걸면 팔걸이, 다리에 걸면 다리걸이."

어라? 이젠 응용도 하네?


# #2.

아침에 우유 한 컵을 앞에 두고 정윤이가 일시정지 상태가 되었다.

빨래를 널다 말고 어서 마시라며 몇 번 재촉을 했는데 갑자기 정윤이가 뛰어오더니 그만 마시겠단다.

"그래, 정 마시기 싫으면 그만 마셔."

"그런데 엄마, 나 안 혼낼 거지?"

"그러엄. 먹기 싫으면 누구나 그만 먹어도 되는 거야. 엄마가 왜 정윤이를 혼내?"

"정말이다. 약속했다."

신나 하며 달려가는 정윤이. 이상하다 싶어 식탁으로 가 보니 우유 한 컵이 몽땅 바닥에 엎질러져 있었다. 꾹 참으며 (약속은 지켜야 했으니까) 물었다.

"정윤아, 실수로 흘린 거지?"

"아니."

"그럼 먹기 싫어서 일부러 쏟은 거니?"

"응."

"다음부터는 먹기 싫을 땐 그냥 남겨. 쏟지 말고. 알았지?"

"왜?"

"우유가 아깝잖아. 그리고 엄마가 치우려면 힘도 들고."

"알았어. 안 그럴게"

이렇게 가끔 나는 도를 닦는다.

"엄마, 코에서 병아리 목소리가 나."

저녁 먹고 설거지를 끝냈는데 정윤이가 말했다. 살펴보니 한쪽 코가 막혀서 '삐익삐익' 소리가 나는 것이었다. 상비약을 찾아보니 마침 코감기약이 떨어져서 그냥 재우면 아이가 고생할 것 같았다. 서둘러 나가면 약국이 닫지 않았을 시간이어서 급히 겉옷을 입고 나가려 하는데 정윤이가 따라가겠다며 징징거리기 시작했다.

밖은 춥고 난 빨리 뛰어서 다녀와야 할 수도 있는데 어떻게 하나 망설이다가 어릴 적에 엄마로부터 들었던 망태기 할아버지 얘기가 생각났다.

"정윤아, 지금 밖에 나가면 망태기 할아버지가 잡아갈지도 몰라. 그 할아버지는 어깨에 커다란 망태기를 메고 다니는데 한밤중에 밖에 나온 아이들이나 엄마 말 안 듣는 아이들을 그 망태기에 쏙 담아 갖고 어디론가 사라진대. 그러면 그 아이들은 다시는 엄마랑 아빠를 못 만나게 되는 거야."

어느새 승윤이까지 옆에 와서 가만히 듣고 있더니 승윤이가 물었다.

"엄마, 어른은 안 잡아가?"

"어른은 무거우니까 어깨에 메고 가기 힘들잖아. 하지만 몸집이 작거나 마른 어른은 어쩌면 메고 갈 수 있을지도 모르지."

승윤이 눈빛이 잠시 흔들리더니 말했다.

"엄마… 살을 좀 더 찌워야 할 것 같아. 이제 살 빼지 마."

엄마가 잡혀갈까 걱정이 되었나 보다. 승윤이는.

정윤이는 심각한 표정으로 듣고 있더니 자긴 집에 남아 있겠단다.

덕분에 홀가분하게 약국에 다녀왔는데 잠자리에 드는 순간까지 망태기 할아버지에 대한 질문이 끊이질 않았다.

"엄마, 우는 아이들도 잡아가?"

"그럼, 아까 슈퍼 앞에서도 어떤 아기가 막 울었는데 갑자기 망태기 할아버지가 나타나서 휙 망태기 안으로 집어넣더니 사라지더라. 어휴, 무서워."

잠시 침묵이 흐르더니 정윤이가 이불을 턱밑까지 끌어올리며 속삭였다.

"엄마. 나 갑자기 안 울려고 해."

"엄만 언제 아기 낳아?"

밑도 끝도 없이 정윤이가 물었다.

아마 지난 금요일에 구역 식구 한 분이 아기를 낳은 데다가, 친구 엄마의 뱃속에도 아기가 있다고 하니까 지레 짐작으로 엄마 역시 곧 아기를 낳을 걸로 기대하고 있었나 보다.

"엄마는 아기 더 낳지 않을 거야. 아기가 생기면 아기 보느라 우리 정윤이랑 놀아주지도 못할 텐데 그래도 좋아?"

정윤이가 양미간을 찌푸리고 한참을 생각하더니 대답했다.

"그래도 괜찮아, 나도 아기 보는 거 할 수 있거든."

실제로 고민하는 척 하려고 승윤이의 의견을 물었다.

"승윤이의 생각은 어때? 동생이 하나 더 생기면 좋을 것 같니?"

"아니."

생각할 것도 없이 너무나 단호하게 대답하는 승윤.

정윤이한테 엄마의 사랑을 더 뺏길까 봐 가끔씩 시샘하는 게 보였기 때문에 동생이 더 생기는 걸 경계하는구나 하고 생각을 했다.

"왜? 예쁜 동생이 하나 더 있으면 좋지 않을까?"

"아기 낳다가 엄마가 죽으면 어떡해."

엥, 이게 무슨 소리람?

"저번에 뉴스시간에 들었는데 아기 낳다가 죽는 엄마들이 굉장히 많대. 음… 천 명은 된다던데?"

그러더니 자기 동생더러 엄마가 아기 낳다가 죽을 수도 있으니 더 이상 아기 낳아 달라고 조르지 말라며 열심히 설득했다. 마음속에 뭔가 뭉클한 것이 자꾸 올라왔다.

아직 죽음이 뭔지도 모르면서 엄마를 이렇게까지 걱정하고 있구나 생각하니 얼마나 승윤이가 고맙고 기특했는지 모른다.

처음엔 장난으로 주고받은 대화였는데 오늘도 엄마는 너희들한테서 이렇게 커다란 선물을 받게 되었구나. 고맙다.

한동안 그러지 않더니 요즘 들어 부쩍 승윤이가 사랑을 확인받고 싶어
한다.

오늘도 잠자리에서 두 녀석을 재우려고 머리맡에 앉았는데 정윤이가 자
꾸 돌아다니며 장난을 쳤다.

"정윤아, 그렇게 돌아다니지 말고 빨리 자야지."

몇 번이나 말을 해도 들었는지 못 들었는지 딴청만 부리는 정윤이.

가만히 제 동생의 하는 짓을 바라보던 승윤이가 작은 목소리로 속삭이
며 말을 했다.

"엄마, 솔직히 말해 봐. 나랑 정윤이 중에 누굴 더 사랑해?"

"둘 다 똑같이 사랑하지."

"에이, 아닐 것 같은데? 날 더 사랑하지?"

"아니. 엄마한테는 승윤이도 정윤이도 똑같이 소중해."

어떻게든 자기를 더 사랑한다는 말을 들으려고 자꾸만 솔직한 대답을 하
라며 다그치는 승윤이에게 손을 내밀어 보라고 했다. 엄지손가락부터 새끼
손가락까지 차례로 깨문 다음 어느 손가락이 아프지 않더냐고 물었다.

"다 아픈데?"

"옛말에 열 손가락 깨물어 안 아픈 손가락이 없다는 말이 있거든. 엄지 손가락이든 새끼손가락이든 내 몸의 일부분이기 때문에 똑같이 아픈 거야. 승윤이도 정윤이도 엄마가 열 달 동안 뱃속에 품고 있다가 낳았잖아. 그러니까 엄마 몸이나 다름없어. 즉, 미운 짓을 하든 예쁜 짓을 하든 엄마에겐 똑같이 귀하고 사랑스러운 자식인거야."

뭔가 수긍하면서도 여전히 이해가 가지 않는 듯한 표정으로 날 바라보는 승윤이의 눈빛이 너무나 예뻐서 꼬옥 껴안아 주었다. 어디서 왔는지 정윤이도 금방 다가와서 꼬옥 안겨 오고….

한 팔에 한 아이씩을 껴안은 나는 이 세상에서 가장 행복한 엄마이다.

남편이 회식 때문에 늦는다고 연락이 오면 남은 우리 세 식구에겐 여느 때와는 다른 날이 된다.

우선 저녁은 시켜 먹고(게으른 엄마를 위해) 식사 후엔 거실에서 마음껏 뛰어 논다.

아이들이 좋아하는 '런닝맨'을 찾아서 깔깔거리며 시청한 뒤 여러 가지 음악을 틀어 놓고 춤을 추기도 한다.

오늘은 댄스곡 대신 '페르귄트'를 틀고 나란히 소파에 앉아 감상을 했다. 마침 '아침의 기분'이 흘러 나오기에 간단히 곡의 설명을 해 주자 승윤이가 두 눈을 감은 채 말을 했다.

"엄마, 정말 아침 해가 막 떠오르는 듯한 느낌이 들어."

순간 난 전율하듯 놀라며

"그래?"

하고 대답했다.

아! 이 애는 작곡가의 feel과 뭔가 통하는 게 있나 보다. 어쩜 내가 알지 못하는 음악적 감성이 있는지도 몰라.

"이젠 양치질하고 세수하는 장면이 보이는 것 같아."

엥, 뭐라구?

그럼 그렇지. 녀석이 날 놀라게 하고 싶어서 장난하고 있는 거였다. 시침 뚝 떼고

"정말? 그리고 또 어떤 느낌이 들어?"

"으응, 이젠 유치원에 갈 준비를 하는 것 같은데?"

순간 피식 웃음이 나왔지만 표정관리를 한 다음에

"그렇구나, 그래서 제목이 아침의 기분인가 보다."

라고 말해 주었다.

역시 아이들에겐 신나는 댄스곡이 잘 어울리는 것 같아서 다시 음악을 바꾸고 인디언처럼 뱅글뱅글 돌아가며 춤을 추었다. 개다리춤을 여러 가지 버전으로 바꿔서 재미있게 추는 아이들을 보며 새삼 생각하게 되었다. 행복이란 이런 게 아닐까 하는.

하나님, 고맙습니다.

정윤이가 유치원에 다닌 지 일주일이 되니 이제야 조금씩 적응이 되는가 보다.

처음 며칠은 낯설어서 그런지 가는 것을 꺼려하더니 사나흘이 지나고부턴 익숙해지는 분위기다. 오늘은 무얼 하고 놀았느냐는 나의 질문에

"점심 먹고 낮잠을 잤어."

하고 대답을 했다.

낮잠시간이 있느냐고 물었더니 다른 아이들은 모두 공부를 했지만 자기는 너무너무 졸려서 다른 방에 들어가 잠을 잤다고 했다.

"그런데 원장 선생님하고 다른 선생님들이 큰 소리로 떠들어서 시끄러워서 깼어.

엄마, 다른 사람이 잠을 잘 땐 조용히 해야 하는 거지? 선생님들은 그것도 몰라."

웃음을 참으며 어느 방에서 잠을 잤냐고 물었더니 교무실이라고 했다.

장하다, 내 아들.

들어간 지 겨우 며칠밖에 안되었는데도 긴장을 안 했는지 졸음이 오는

거 하며 졸리다고 대담하게 교무실에 들어가 안방 차지하듯 소파에 누워 잠을 청한 것까지.

그리고 오히려 선생님들이 시끄러워서 잠을 설쳤다며 탓하는 것도 그렇고… 정윤이는 누굴 닮아서 이렇게 넉살이 좋은 걸까. 하지만 나나 남편에게는 없는 부분이라 훨씬 좋은 거란 생각이 든다. 남이 뭐라 하든 소신껏 제가 하고 싶은 대로 살아갈 테니까.

퇴근한 남편에게 오늘 있었던 일을 말해 주었더니 남편은 그저 좋아서 싱글벙글이다.

평범한 아이보다 더 대범하고 크게 될 거라며 흐뭇해한다.

팔불출 아빠의 고슴도치 자식 사랑. 나도 그렇지만….

정윤이가 할머니 댁에 있으니 온 집안이 조용하다.

늘 정윤이랑 사소한 일로 티격태격하는 승윤이는 이 평화가 무척이나 맘에 든 듯하다. 나 역시 이사 준비로 마음이 어수선하던 차에 마치 휴가를 얻은 느낌이다.

승윤이가 깨진 장난감에 손가락을 다쳐서 일회용 밴드를 감아 주다가 혈액에 대한 얘기를 나누게 되었다. 승윤이는 피의 기능에 대해 궁금해했고 혈구와 혈장에 대해 설명을 해 주다가 이해를 돕기 위해 원심분리에 대해 설명해 주었다.

"혈액을 커다란 물컵에 담고 빠른 속도로 컵을 돌리면 아래 부분에 백혈구, 적혈구, 혈소판 등 혈구가 가라앉아. 그리고 윗부분에는 맑은 액체인 혈장으로 나뉘어 분류된단다."

그리고 혈구들이 하는 역할에 대해 설명을 하는데 갑자기 승윤이의 표정이 익살맞게 변하더니 이렇게 말을 했다.

"엄마, 그러면 컵에 혈액을 가득 담아 놓고 다칠 때마다 집게로 컵 밑에 가라앉은 혈소판을 건져서 상처 위에 올려 놓으면 피가 금방 멈추겠네?"

손가락 두 개로 집게 모양을 하며 흉내 내는 승윤이의 모습이 하도 우스워서 까르르 웃어 버렸다.

"정말 그러네. 엄마는 그런 생각은 미처 하지 못했는데… 나중에 네가 커서 그런 걸 연구하면 멋진 결과가 나오겠는걸?"

어깨를 으스대며 뽐내는 승윤이를 보며 이 아이에게 얼마나 많은 가능성이 감추어져 있을까 하는 생각을 했다. 모르는 게 있을 때마다 책을 찾고 인터넷을 뒤지는 게 가끔은 귀찮기도 하지만 그래도 아이들에게 최고의 선생님이 되고 싶다.

학교나 학원 선생님이 맘에 안 들면 전학가거나 그만두면 되지만 담임 선생님으로서의 엄마는 바꿀 수도 떠날 수도 없는 종신직 선생님이니까 말이다.

아이들은 부모의 입에서 나오는 가르침이 아니라 부모의 뒷모습을 보면서 배운다고 했던가. 항상 조심하며 행동하고 한 번 더 생각하고 말해야겠다.

아무리 똑똑해도 역시 아이는 아이다.

어제 저녁에 TV의 한 방송에서 어른들을 상대로 '크리스마스 때 산타역할을 하다가 애들한테 들킬 뻔한 적이 있는지'에 대한 토론을 하는 장면이 있어서 내심 긴장을 했다. 승윤이의 커다란 눈이 2배나 커지더니 뒤돌아보며

"엄마, 저게 무슨 뜻이에요?"

하고 물었기 때문이다.

"글쎄…."

하고 얼버무리긴 했지만 굳이 애들이 있는 데서 그런 프로를 보는 남편의 무신경함이 속상했고, 행여 눈치 챌까 전전긍긍했다. 그런데 아침에 선물보따리를 풀어 본 승윤이가 탄성을 지르며 깡충깡충 뛰쳐나와 소리를 질렀다.

"엄마, 나 산타할아버지한테 선물을 받았어. 1년 동안의 내 행동을 인정해 주신다는 뜻이야. 게다가 내가 갖고 싶었던 레고야. 얏호, 신난다."

형의 괴성에 잠이 깬 정윤이 역시 선물을 풀어 보더니 좋아서 난리였다.

휴우. 둘 다 레고로 통일하길 정말 잘했다. 정윤이한테는 장난감 트럭을 주려고 했다가 형의 것과 같은 걸 원할지도 모른다는 생각에 무조건 비슷

한 걸로 준비했는데 역시나 그랬다. 만약 트럭을 선물했다면 눈치 없는 산타할아버지라고 두고두고 원망 들을 뻔했다. 올해의 크리스마스 선물은 대성공이다.

게다가 저녁에는 미리 예매해 두었던 어린이 연극을 보았다(남편은 아예 잠을 잤지만).

아이들이 신문에서만 보았던 사물놀이를 직접 접하곤 무척 재미있어했는데 아마도 당분간은 온 집안의 물건들이 타악기로 변할 것 같다.

저녁 준비할 때의 일이다.

정윤이가 똘똘이를 끌어안고 놀고 있었는데 뭐라 뭐라 말하는 소리가 들리기에 자세히 들어보았다. 다른 때와 달리 형은 태권도에 가서 없고 아빠는 퇴근 전이라 우리 둘만 있었기 때문에 이야기 소리는 내가 주의만 기울이면 충분히 들을 수 있었다.

"똘똘아, 너는 왜 인형으로 태어났니? 만약에 네가 사람이었으면 나처럼 조금씩 조금씩 키도 크고 말도 했을 텐데… 넌 내가 움직여 주지 않으면 마음대로 몸도 못 움직이고 내가 옮겨 주지 않으면 아무데도 못 가고… 불쌍한 똘똘이, 너도 네가 사람이었으면 좋겠지?"

듣고 있자니 구구절절 애끓는 목소리로 속삭이는 게 가슴이 저려올 정도였다. 무심코 청소하다가 인형을 집어 던지기라도 하면 기겁을 하고 달려와 끌어안곤 하는 정윤이가 드디어 인형과 사람의 차이에 대해 어렴풋이 깨닫기 시작한 걸까? 거의 자신과 똘똘이를 동일시하며 자기가 목마를 때면

"엄마, 똘똘이가 목마르대."

라고 하거나, 자기가 배고프면

"엄마, 똘똘이가 배고프대."

라고 말하곤 했었는데….

음식준비를 하다가 정윤이의 서글픈 목소리에 가슴이 아파서 한참을 서 있었다.

이제 이렇게 내 아들 정윤이가 한 단계 성장하는구나. 누가 굳이 알려주지 않아도 '생명'이란 게 무엇인지 깨달아 가는구나.

세상을 알아갈수록 이보다 더 가슴 아프고 힘든 일들이 많아질 텐데 조금씩 늦게 배워도 좋으련만.

아직도 가슴이 먹먹하다. 어떻게 커 가나 즐거운 마음으로 지켜봐야겠어.

한동안 보이지 않던 개미들이 거실에서 가끔 모습을 드러내기 시작했다.

개미든 파리든 벌레라면 끔찍이 싫어하는 정윤이는 쪼끄마한 개미라도 기어가는 게 보이면 어김없이 날 부르곤 한다.

오늘도 또 개미를 발견했는지

"엄마, 개미 있어."

하고 부르기에 장난기가 발동한 나는 얼른 그곳으로 달려갔다. 아무것도 없는 거실 바닥을 엄지손가락으로 힘껏 누른 다음, 입 속으로 넣는 시늉을 하고 앞니로 잘근잘근 씹는 흉내를 냈다.

연이어 두 번을 더 한 다음

"정윤아, 우리 뽀뽀할까?"

하며 입술을 쭈욱 내밀었다.

잠시 당황한 표정으로 머뭇거리던 정윤이가 의외로 입술을 대고 뽀뽀를 하더니 금세 '푸우' 하며 공기를 내뿜었다. 모르는 척하고 또 뽀뽀를 하니 어김없이 '푸우' 하고 뭔가를 뱉어내는 시늉을 한다. 아무래도 개미를 먹은 엄마랑 뽀뽀를 하는 게 기분이 찜찜한가 보다. 내가 푸하하하 웃음을 터뜨리자 저도 계면쩍은지 씨익.

그때 걱정스레 날 바라보고 있던 승윤이가 다가오더니 귀에 대고 무어라 속삭였다.

"엄마, 진짜로 개미 먹은 거 아니지? 장난이었지?"

녀석… 소심하긴.

"사실은 개미 안 먹었어. 승윤이랑 정윤이랑 놀려주려고 장난한 거야. 사실은 엄마도 개미 무서워해."

우리는 한바탕 소리 내어 웃었다.

"정윤아, 엄마랑 뽀뽀할까?"

이번에는 뽀뽀한 뒤 '푸우' 바람 빠지는 소리를 내지 않았다. 우습지만 나름대로 위생의 개념은 있는가 보다.

오늘은 병원에 승윤이만 예약이 되어 있는데도 정윤이까지 덩달아 진료를 받았다.

　형은 의자에 올라 앉아 이곳저곳 진찰을 받는데 자기는 그냥 가야 할 것 같으니까 갑자기 인상을 쓰며 징징거렸다. 왜 나는 안 봐 주느냐며.

　진찰받고 싶어 떼를 쓰는 아이는 처음 본다며 의사선생님이 정윤이도 앞으로 계속 봐 주시겠다고 했다. 나 원 참… 코 속이랑 목구멍을 깊숙이 쑤셔 대고 드르륵거리는 게 뭐가 좋은 거라고.

　정윤이는 무슨 일이든 형이나 다른 친구들에게 지나친 경쟁심이 있다. 유치원에서도 종이접기나 퍼즐놀이를 할 때 다른 아이들에게 뒤졌다고 생각되면 어김없이 한바탕 울어댄다고 한다. 밥을 늦게 먹어서 속상하면 또 울고.

　"정윤아, 1등만 좋은 거 아니야. 2등도 3등도 모두 나름대로 의미가 있는 거야."

　"그럼 10등은?"

　"10등도 열심히만 했으면 창피한 게 아니지. 등수보다는 진짜 열심히 했는지 그 마음이 중요한 거야."

하지만 얘기할 때만 그런가 보다 할 뿐 정윤이의 승부욕은 여전하다.

어제도 온 가족이 돼지갈비를 먹으러 음식점에 갔는데 겨자소스를 뿌린 야채를 남편과 내 앞에만 놓아주자 또 인상을 팍 쓰며 양다리를 뻗쳐대기 시작했다.

홀 아주머니가 다행히 정윤이를 귀엽게 보아 주셔서 얼른 한 접시를 갖다 주시자 그쳤지만.

그런데 남편은 정윤이의 그런 점을 무척 마음에 들어 한다. 어차피 비슷비슷한 머리라면 승부욕이 있는 놈이 성공하는 거라면서 말이다. 누가 그걸 모르나?

살아가면서 받게 될 스트레스 때문에 안타까워서 그러지.

난 잘나고 속으로 병드는 자식보다는 평범해도 건강하고 행복하게 살아가는 아들이 되기를 바란다구요.

"엄마, 사람은 왜 늙는 거야?"

갑자기 승윤이가 질문을 했다.

"나무가 점점 자라듯이, 또 승윤이가 점점 자라듯이 자라서 일단 어른이 되고 나면, 더 이상 자랄 수 없으니까 얼굴이나 건강이 반대로 점점 약해지는 거야. 아이들이 자라는 만큼 엄마랑 아빠는 나이가 들고 나중에 아이들이 어른이 되면 그땐 할머니, 할아버지가 되는 거지."

가만히 생각에 잠긴 표정으로 날 뚫어져라 바라보던 승윤이의 두 눈에 그렁그렁 눈물이 고이더니 고개를 저으며 말했다.

"싫어, 엄마가 할머니 되는 거 난 싫어. 나 더 이상 크지 않을 거야. 엄마도 할머니 되지 마."

나의 품으로 파고들며 울먹이는 승윤이를 꼬옥 껴안아 주었다.

"승윤아, 그런 걸 자연의 섭리라고 하는 거야. 그리고 엄마는 승윤이가 멋진 어른으로 커가는 걸 보는 게 얼마나 기대되고 행복한지 몰라. 엄마도 보통 할머니가 아니라 아주 멋진 할머니가 되도록 노력할 거야. 그리고 아주 아주 나중엔 천국에서 다 같이 만나게 되잖아. 늙는 게 절대로 슬픈 게 아니란다."

"그래도 싫어. 엄마. 늙지 마."

지금 일기를 쓰는 이 순간도 가슴이 먹먹해 오면서 또 눈물이 난다.

바쁘게 사느라 세월이 흐른다는 걸 잠시 잊고 있었는데 내 아들이 그런 걸 생각할 정도로 컸구나. 내가 친정 엄마를 떠올릴 때마다 느끼는 끝없는 연민과 사랑을 승윤이도 느끼게 될까? 최소한 연민의 감정만은 느끼지 않도록 앞으로의 내 삶도 잘 꾸려가야겠다. 그게 진정으로 승윤이를 위한 것일 테니까.

'품 안의 자식'이라 했던가. 앞으로 승윤이랑 정윤이가 커가면서 너희 삶에서 내가 차지하는 부분이 점점 축소되겠지만 내 인생은 모두 너희를 위한 거야.

앞으로 학교에 들어가고 군대도 가고 취업도 하고 많은 일들이 펼쳐질 텐데 그때마다 엄마로서의 역할을 잘할 수 있도록 열심히 준비해야겠다.

사랑한다. 승윤아, 정윤아.

이 세상 무엇보다도.

## #1.

아침에 일어난 승윤이가 손가락이 아프다며 엄살을 부렸다.

살짝 긁혔을 뿐 멀쩡해 보이는데도 약을 바르고 밴드를 붙여 달라며 떼를 썼다.

승윤이는 약을 바르고 밴드를 붙이는 걸 너무 좋아해서 몸에 조금만 이상이 생기면 무조건 그렇게 해야 하는 건 줄 안다. 터전에 갈 준비를 하느라 바빴던 내가 괜찮다고 무시해 버리자 또 징징. 할 수 없이 약상자를 가지러 안방에 들어가며 한마디 했다.

"알았어. 약 발라 줄게. 이 엄살쟁이야."

연고랑 밴드를 가지고 나와 보니 승윤이는 기분 나쁠 때 늘 취하는 자세인 엎어진 모습으로 거실 바닥에 있었다.

"왜 그래? 엄마가 약 발라 주려고 갖고 왔는데… 빨리 일어나."

인상을 잔뜩 쓰면서 일어나 앉으며 대답하는 승윤.

"엄마가 아까 나한테 이상한 이름을 지어 줬잖아."

킥킥, 뜻은 모르지만 엄살쟁이가 뭔가 나쁜 의미인 건 눈치챘나 보다.

아이고, 귀여워라.


# #2.

정윤이랑 아파트 산책로를 걷다가 죽은 쥐 한 마리를 발견했다.

"아이, 징그러워. 우리 빨리 지나가자."

"엄마, 괜찮아. 저 쥐는 안 깨무는 쥐야."

"그걸 어떻게 알아?"

"저것 좀 봐. 졸려서 누워 있어."

하긴… 네가 '죽음'이 뭔지 어떻게 알겠니. 죽는다는 게 영원한 이별을 의미한다는 것도, 그게 사랑하는 사람일 경우 가슴이 찢어지는 고통이 뒤따른다는 것도 깨닫게 되려면 한참을 더 자라야 할 걸.

나도 모르게 피식 웃음이 나왔다. 졸려서 누워 있다구?

잠시 쥐를 뚫어져라 응시하던 정윤이가 해답을 찾은 듯 자신 있게 또 한마디 했다.

"엄마, 자세히 보니 어디가 아픈가 봐."

날씨는 이미 초여름이어서 아파트 단지 곳곳에는 이름 모를 꽃들로 한창
이다.

　게다가 새빨간 장미꽃까지 탐스럽게 피어 있어 지나가는 길목마다 장미
향기에 취할 정도다. 오늘은 모처럼 승윤이 마중 가는 시간을 여유롭게 잡
고 나와서 정윤이랑 이곳저곳 누비고 다니며 꽃구경을 했다. 예쁜 클로버
꽃을 두 송이 꺾어서 정윤이 손가락에 반지꽃을 만들어 주었더니, 남자가
무슨 반지냐며 싫은 척하다가 금세 얼굴 가득 웃음꽃이 피어났다.

　"엄마, 이 반지는 이름이 뭐야?"

　"루비, 왜?"

　"난 엄마 반지가 더 좋은데 그건 누가 사 줬어?"

　아무래도 우리 정윤이는 꽃보다는 보석이 더 좋은가 보다.

　"아빠가 사 주셨지. 정윤이도 이담에 예쁜 색시랑 결혼하면 이런 거 사
줘야 해."

　정윤이는 씨익 웃더니 이내 제 손가락에 있는 하얀 꽃반지로 시선을 옮
겼다.

"이런 꽃반지도 만들어 줄 거야."

우린 네잎클로버를 찾기 위해 꽤나 많은 시간을 투자했지만 끝내 찾지 못했다. 다른 사람들은 잘도 찾던데 난 지금까지 단 한 번도 네잎클로버를 발견한 적이 없다. 하긴 그 많은 소풍날, 보물찾기 한 번 성공한 적이 없으니….

그때 정윤이가 하늘을 올려다보며 소리쳤다.

"엄마, 누가 하늘에 낙서했어."

하늘을 올려다보니 방금 비행기가 지나갔나 보다.

웃음이 나왔다. 그래, 난 이제야 인생의 보물찾기에서 소중한 보물을 얻은 거구나.

승윤이랑 정윤이, 두 보물.

세상 그 어느 것도 부럽지 않다.

사랑하는 아내에게

당신을 보낸 지도 벌써 열 달이 되어 간다.

처음 몇 달은 미안하고 그리워서 힘들었고, 연말 연초와 상반기에 몰려 있는 기념일들을 지날 때는 여러 날들을 힘겹게 보냈네.

최근 여러 생각을 하다가 당신은 항상 옳았다는 결론을 얻었어.

생활 전반에 걸쳐 당신은 나의 불완전하고 가끔은 무모했던 결정들을 묵묵히 수용하고 따라 주었었지.

이직, 미국 가는 것, 그리고 인천과 대전으로의 이사도 당신과 아이들을 위한 결정이었을지는 모르지만, 당신이 진정 원하는 것은 아니었다는 걸 알아.

이것들을 포함해 당신의 마음을 아프게 하고 힘들게 했던 나의 부족했던 지난 많은 것들이 개탄스럽다.

당신은 아름답고 근사한 여자였고 마지막까지 용감했다.

이제 살아가는 것은 나의 몫이지.

나중에 우리가 다시 만났을 때 당신으로부터 원망을 듣지 않으려고 주일은 꼭 지키고 아이들과 식사기도도 빠뜨리지 않아.

감사헌금뿐 아니라 십일조도 드리고 나쁜 감정들을 다스리면서 기쁘게 살려고 노력하고 있어.

좀 더 시간이 지나고 마음이 안정되면 당신과 함께 다녔던 새벽예배도 다시 시작하려고 해.

감사하게도 주님이 많은 부분을 보살펴 주시고 있어.

당신은 이미 알고 있겠지만. 그리고 보고 있겠지만.


요즘은 당신에 대한 생각이 깊어지는 것을 피하려고 해.

아직은 우울하고 슬픈 기억들과 마음을 병들게 하는 생각들이 더 많으니까.

하지만 다가올 날들보다는 당장 오늘을 감사하면서 살다 보니, 많은 쓸데없는 생각들로부터 조금씩 자유로워지는 것 같아.


승윤이는 이번 달에 3조로 승급했고 현재 타이젬 6단이지만 곧 7단으로 승단할 거야.

승윤이는 핸섬한 프로바둑기사가 될 거야. 체중은 43킬로그램을 넘었고 키도 벌써 150센티미터를 훌쩍 넘어서 여러 면에서 건강해진 것 같아. 평상시에는 과묵하지만 갈수록 유머와 코믹한 것을 즐기는 우리 아들을 보면 나도 덩달아 기분이 좋아진다.

즐거운 인생을 살 우리 정윤이는 요즘 드론 전문가라는 꿈이 생겼어.

학교에서는 피구로, 집에서는 자전거로 운동도 열심히 하고 있어.

구역예배 때 하프 연주하시는 집사님이 정윤이한테 뛰어난 음감이 있다고 하셔서 지금 드럼도 배우고 있어. 하고 싶은 것도 많고 할 것도 많은 우리 정윤이를 보면 항상 에너지가 넘치네.


금슬 좋은 부부는 한쪽이 먼저 가면 곧 다른 한쪽도 따라 간다고 하잖아.

그래서 한참 힘들 때 처형들에게 부탁했지. 내가 없으면 아이들은 처형들이 잘 키워 주시겠다고 약속했어. 당신 있을 때도 그랬던 것처럼 당신 없는 지금도 처형들이 여전히 우리 아이들을 잘 보살펴 줘서 당신의 빈자리를 채워 주고 있어.

그리고 어머니. 나는 어머니 덕분에 살고 있는 것 같아.

만약 어머니가 없었다면 나와 아이들의 삶이 온전했을까 하는 생각이 들어. 가까이에 계신 것만으로도 나에게는 의지가 되고 힘이 돼.

아이들에게 그런 의지가 될 엄마는 곁에 없지만 당신 몫까지 내가 최선을 다해 볼 거야. 지금 하고 있는 사업이 점점 자리를 잡아가면 아이들과 내가 그리는 삶이 있어.

당신이 원했고 해 보고 싶어 했던 일들을 아이들과 함께 하면서 살려고 해.

보고 싶다.

2017년 7월

당신이 얼마나 큰 기쁨이었고 얼마나 큰 축복이었는지 깨달아 가는

남편으로부터.

안녕, 이모. 진짜 오랜만이네요. 민주예요.

저는 원하던 대학교에 들어왔어요. 이모부랑 동문이 되었지요. 잘했죠?

하필 작년에 제가 고3이어서 이모를 한 번도 찾아뵙지 못한 게 여전히 마음에 걸려요.

걱정하셨겠지만 승윤이랑 정윤이는 잘 크고 있어요. 바르고 건강하게요.

너무 빨리 의젓해질까 봐 걱정은 되지만요.

키도 쑥쑥 크고 있어요. 역시 유전자는 대단해요. 히히.

아직도 제가 이모부를 처음 봤을 때가 기억나요.

이모가 그때 여러 친구 분들을 데려 오셨는데, 그 중에서 이모가 누구랑 결혼했으면 좋겠냐고 물어보셨죠. 전 한 치의 망설임도 없이 이모부를 골 랐고요. 어린 눈에도 잘생겼고 목소리도 좋았거든요. 그리고 이모부는 아 직도 그래요. 당연히 이모가 제일 잘 알겠지만 이모부는 정말 좋은 사람이 에요. 이모도 말했듯이 좋은 남편이고, 또 여전히 좋은 아빠예요.

그냥, 알려 줘야 한다고 생각했어요. 이모부가 얼마나 좋은 사람인지요.

이걸 읽고 있는 사람들에게, 또 이모부에게, 또 승윤이랑 정윤이에게 도요.

승윤이랑 정윤이가 아빠처럼 멋진 어른이 되었으면 좋겠어요.


이모.

우리가, 그러니까 남겨진 사람들이, 아무렇지도 않기를 바랐다면 그렇지는 않아요.

그럴 수도 없는 거라고 생각해요. 아름다운 영화 한 편 또는 책 한 권을 보고 나서도 며칠, 어쩌면 몇 년이고 그 잔상을 느끼는데 아름다운 삶 하나 이후에는 얼마나 많은 것들이 남겠어요.

그래도 다들 노력 중이에요. 다들 균형을 맞추고 있어요.

그걸로 만족해 줬으면 좋겠어요. 아무렇지 않지는 못해도, 괜찮아요.

그러니까 이모, 우리가 믿듯이, 영원한 곳에서 영원히 만나요.

사랑해요. 우리 잘 있을게요.



조카 민주가